主编　凌翔

当代作家精品·散文卷

U0661852

你若优雅，尘世静美

子薇　著

北京燕山出版社

图书在版编目（CIP）数据

你若优雅，尘世静美 / 子薇著 . — 北京 : 北京燕
山出版社，2022.4
ISBN 978-7-5402-6383-6

Ⅰ. ①你… Ⅱ. ①子… Ⅲ. ①散文集—中国—当代
Ⅳ. ① I267

中国版本图书馆 CIP 数据核字（2022）第 013715 号

你若优雅，尘世静美

著　　者：子　薇
责任编辑：杨春光
装帧设计：陈　姝
出版发行：北京燕山出版社有限公司
社　　址：北京市丰台区东铁匠营苇子坑 138 号嘉城商务中心 C 座
邮　　编：100079
电话传真：86-10-65240430（总编室）
印　　刷：北京军迪印刷有限责任公司
开　　本：710 × 1000　　1/16
字　　数：170 千字
印　　张：13
版　　次：2022 年 4 月第 1 版
印　　次：2022 年 4 月第 1 次印刷
ISBN 978-7-5402-6383-6
定　　价：55.00 元

序

你若优雅，一城静美。这是某天我在镜湖附近一处外墙上看到的。那一瞬间，心底深深地被触动。那个"你"之所指，是这座城市里的我们每一个市民吗？其实，这个所指，并不重要。我希望，每一个看到这句话的人，都像我一样，内心有所触动，然后在日后的生活中，对自己要求多一点、高一点，之后的"我"，不说一定会有多么出色，但至少能够渐渐地渐渐地优于从前的"我"。

在这座美丽的城市生活已有三十年，对于她的感情，是于不知不觉中渐渐加深的。江南水乡，盛产美女。犹记得，20世纪八九十年代，很多外地人一说到芜湖女孩，便会不由自主地皱眉。皱眉的缘由是，芜湖女孩美则美矣，不能开口说话，一张嘴，不是粗口，就是脏话。让人欣慰的是，那样的现象早已成为老皇历。而今的芜湖女孩，已然让人刮目相看，她们不仅长得美，说话行事，也是礼仪周到，切切实实地做到了内外兼修，她们以自己的踏实、勤勉和善良，努力地行走在通达优雅的路上。

喜欢一个人走路，上班下班从家到班车站的那一段。也或者平常无事时，漫无目的地走，在林荫道上，在花草香气四溢的地方。只是，我不像很多以健身为目的的人们那样走得风驰电掣的。天气预报总说有雨，却是一直没有落下来，家里显得闷热，于是，在休息日，出门走走。细碎的香樟花落了一地，橙红色的，浓郁的香芬缭绕于鼻端，前方岔路口走过来一家三口，他们走到我的前方。小女孩三四岁的样子，走了一会儿，不想走了，张开臂膀。男人立刻蹲下身子，将娇滴滴的小女儿一把抱起，妻子惬意地走在男人身旁。省下力气的小女孩，开始打量周围的景致，然后，下巴抵住她父亲的肩膀，墨一样的瞳仁看着我。不时地，男人疼爱地在女儿胖乎乎的脸颊上啄一口、啄一口，再啄一口。他们一家人就这么静静地走，我在后面就这么静静地看，知性、从容、优雅，写在那个女人的脚步和背影里。她是人妻，她是人母，她的不俗气质里，有着那个讲责任、善体恤、懂关爱的男人的莫大功劳。

　　由此，我联想起在武汉水运卫校读中专时，我们的解剖学老师毛宁。毛老师气质里的那份优雅似乎是与生俱来的。她很漂亮，体态丰腴柔美，大都市的水土，赋予了她耐看耐品的气质。她皮肤通透白皙，笑容永远洋溢于她的眼角眉梢，好像从来不曾消失过。乍看上去有些娇滴滴的她，其实一点不娇气，福尔马林处理过的尸体，她将肌肉神经血管仔仔细细地分离出来，做好带细绳的标签，一处一处地挂好。上课时，我们被福尔马林浓烈的气味刺激得泪眼婆娑，争先恐后地往后躲，她却很淡定地用戴着乳胶手套的手，一边翻动着各块组织，一边耐心地给我们讲解它们的特点和功能。她爱人工作于深圳，她带着孩子生活在武汉。按理说，她的工作生活都算不上轻松，但她给我们的印象，永远那么从容和优雅。第一次在解剖室里的现场观摩，于年轻的我们来说，内心里涌起的，何止是惊涛骇浪，我们发自内心地排斥和拒绝，却又不好抱怨。在她的鼓励下，我们坚持下来了。再上解剖课时，有同学告诉她，都不敢吃食堂的红烧肉了。她浅笑盈盈，然后很理解地说："都有这个过程，习惯了就好了。"此后的课程，所有的知识点，她毫不含糊地带着我们过一遍、再过一遍。

记得读过一篇文章，说是样貌平常的舒婷，穿着一件藏青色棉大衣，站在一群年轻女子中间，看上去却格外抢眼。舒婷抢眼，不是因为她的形貌比她们更好看，而是因为她从容优雅的气质，以及她气质里衍生出来的卓尔不群的气场吧。

样貌的漂亮，如同小溪里的流水，一眼见底，那种美，赏心悦目，但是，毕竟是浅的；优雅，是经时间的长河日复一日地淘洗过，从而有了丰富的内容，有了耐人寻味的深度，有了荡气回肠的广度。都说，三代人方能培养出一个贵族，优雅气质的练成，绝非一朝一夕之事。一个有智慧有底蕴有厚度的人，方可能是优雅的人，倘若命运附加地让其历过风浪蹚过沧海，之后依然热爱生活博爱众生的他们，当是已于不知不觉中，抵达了优雅气质的上乘和高端。有人说，你现在的气质里，藏着你走过的路、读过的书和爱过的人。我以为，一个人的气质里还深埋着品格，品格高尚、内心从容的人，才会是一个优雅的人，一个让人相处时亲切舒心、别离时不舍且深深牵挂的人。

那天与一位我很尊敬的老师聊天，他说他有些焦虑，因为要找寻更多的题材，他不想局限在已被大家认可的画风和题材上，他要突破。他说人生短暂，他不能再浪费时间。他的话，让我崇敬也惭愧。他没有在大量的赞誉面前故步自封，没有在一个相对已经较高的平台上扬扬得意，多少羡慕嫉妒恨的目光灼热聚焦的境地，竟然不能带给他丝毫的满足和快慰。"红尘多诱惑，我心在山林。"他的话告诉我，骨子里，他是一个优雅的人、通达的人、睿智的人、永不止步的人。

岁月从不败美人。说起优雅，秦怡堪称典范。她早就老了，但是，她依然那么纯粹，那么豁达，那么风骨凛然。她先后有过两任丈夫，因为不堪忍受第一任丈夫的家暴及其缺乏对家庭、对女儿的责任感而离婚，第二任丈夫金焰虽然带给她一段甜美时光，但是，美好的时光很短暂，不久他因酗酒致胃出血且一病不起，秦怡悉心照顾他二十余年直至他离世。她的痛苦远不止这些，女儿与她感情疏离，成年后极少来往；儿子金捷少年时患上精神分裂症，从此，秦怡走到哪里就将他带到哪里，这一带便是四十余年。发病时，儿子会对她拳打脚踢，她只能蜷缩着忍受着。她说："我幸福过、快乐过，但我从不认命，我会分析，就像剥橘子，把这些心结一个一个、一层一层地剥开……"这是她优雅从容豁达气质的来路。这条路，远远看去，铺满金光，实则很坎坷、很沧桑。

年轻时享过很多福、人到中年后遭过很多罪的郭婉莹，无论享福时还是遭罪时，她都开朗达观优雅地生活着。她离世后，告别仪式上，有一副挽联这样写："有忍有仁，大家闺秀犹在；花开花落，金枝玉叶不败。"

"你若优雅，一城静美。"愿你我都能够成为优雅的人，或者，正行走在通达优雅的路上。

子薇
2019 年于芜湖

目　录

第一辑　草木依依

——世上集美之大成者，终是草木。哪怕是一片从树上飞落下来的枯黄叶片，亦是仪态万方、不容亵渎，让人凝神注视时生出仰望之心。

葫中日月长

对于葫芦，我有着与生俱来的亲切感。打从出生起，到我离开中院村，我的生活没有一天离开过葫芦，准确地说，是葫芦瓢。

春走到深处，在一个被露水打湿的清晨，葫芦花开了，粉白的色泽，素朴、洁净、清新、淡雅。这时候，满架子攀爬的葫芦藤，不再那么落寞，蝴蝶扑闪着翅膀飞过来，蜜蜂嘤嘤嗡嗡地采起花粉来，我们的期待一日胜似一日地急迫起来。

终于看到了我们心心念念的果实，翠绿的皮，泛出若隐若现的白色光芒，表皮上密布的茸毛，让葫芦看上去像是青春萌动的少年。随着身体的日渐膨胀，随着茸毛的慢慢褪去，稚气的少年正在一点一点地长成。去菜园里摘两只葫芦回家做菜，一不小心指甲划过，嫩生生的葫芦渗出一汪清水，手指情不自禁地往回缩一下，那样的时刻，我似乎触摸到了葫芦的疼痛。

葫芦作为一道时鲜蔬菜上桌时，已是炎炎夏日。刨去外皮的葫芦，切成条，锅里倒点菜籽油，撒进细碎的蒜丁，放进葫芦条，"刺啦"一声响，翻炒，一股清冽的香味扑过来，有少许水分渗出时，放适量的盐，兑点水，大火烧开，改小火，盖上锅盖焖几分钟，待汤汁收干，葫芦条就烂了。一盘美味清爽的下饭菜大功告成。

葫芦条也可以如同扁豆、豌豆一样制成干菜。削好的葫芦条，泡在清水里去掉黏汁，大日头晒上一天，太阳落山后收进屋里捆成把，寒冬腊月里拿出来，用清水发开，和猪肉一起烧了，那种鲜香，让人食指大动。《红楼梦》里，刘姥姥二进大观园，回程的头天晚上，善解人意的平儿笑道："我还和你要东西呢，到年下，你只把你们晒的那个灰条菜干子和豇豆、扁豆、茄子、葫芦条儿各样干菜带些来，我们这里上上下下都爱吃。这个就算了，别的一概不要，别枉费了心。"平儿之语，足见小小的葫芦条干有多么深得人心。

葫芦里的籽，也是宝贝。但是，我老家中院村人都说，葫芦籽小孩不能吃，吃了会长夹牙。所谓夹牙，指的是乳牙未曾脱落，那颗恒牙就急吼吼地长出来了。这种说法，我一直心存疑惑，难不成，葫芦里含有太过丰富的钙质吗？

秋日渐深，被霜打过的葫芦藤干了，叶子开始枯萎，结在藤上的葫芦渐渐地由绿色泛出灰白色，指甲再也别想掐进去，它已经老了。将老了的葫芦摘下来，刮掉白色表皮，用笔在它身上一分为二地勾画出一条细线，拿锯子精心地沿着细线锯开，被一分为二锯开的葫芦，即为瓢。掏出里面的瓤，将葫芦瓢放在太阳底下晾晒。为避免葫芦瓢外皮不光整或者出现裂缝，须在葫芦瓢上遮盖一层纱布。大约一周后，葫芦变得坚硬，以指轻弹，有悦耳的金石之声。

火热的夏天，我放学或者从野外回家的第一件事，便是拿起搁在盆里的葫芦瓢，从水缸里舀上早晨去井里挑回来的井水一口气灌进肚子里，那种甘冽清甜，现如今再昂贵的饮料都比不上。

拿葫芦瓢淘米，很有几分韵致，甚至还有那么一点翩然的仪式感。

大木盆里装满清水，葫芦瓢从旁边的稻箩里掬出半瓢米，放进大木盆，舀满清水，随着手腕的抖动，葫芦瓢连同里面的米，一漾一漾的。日月悬在天上，那一漾一漾里掠过的，都是可亲可暖的日月和光阴。随着每一次荡漾，瓢里的米一点一点地滑进木盆里，最后剩下来的留在瓢内纹路里的细小沙子，一把将它们倒到地上。没搞明白状况的小鸡们，争先恐后地踮着小脚飞奔过来……

于食于用，葫芦瓢就这样情深意长地陪伴着我们走过一年四季春夏秋冬。

日常生活中，常听人拿葫芦来说事儿。形容不爱说话的人，说其是个闷葫芦；形容有些人故弄玄虚的做派，便说，不知道葫芦里卖的什么药；形容行事不够妥帖，顾此失彼，会说，按下葫芦浮起瓢……

这些负面之语，从来没有动摇过我对于葫芦的喜爱之心。从葫芦自脱落的花蕊里冒出小小的芽尖起，它就有着良好的观瞻价值，头部夸张地膨大，尾部急剧地收拢。那一膨一收，风光无限好。

葫芦，是一个品质优良的男性，他看似普通，他无关传奇，但是，他其实相当的不平凡——童年时，他懵懂、纯真；少年时，他憨厚、质朴；青年时，他阳光、豁达；中年时，他持重、端庄；老年时，他厚重、大气。

八仙之首铁拐李的宝葫芦，有时装酒，有时装药，危难之际，甚至可以仿如巨轮，载人过海渡汪洋。那只葫芦，想想，都让人心情舒畅、荡气回肠。

南瓜的野心

从会议室出来走进餐厅时，已是饥渴交加。直接奔向南瓜羹，取一只瓷碗，舀了两大勺，便埋头喝起来。南瓜羹就是这样的多面手，可当饭前开口羹，也可作饭后的一味汤；可当饥渴时的热饮，也可作醉得七荤八素后的醒酒汤。

"倭瓜愿意爬上架就爬上架，愿意爬上房就爬上房。黄瓜愿意开一朵花，就开一朵花，愿意结一个瓜，就结一个瓜。若都不愿意，就是一个瓜也不结，一朵花也不开，也没有人问它。玉米愿意长多高就长多高，它若愿意长上天去，也没有人管。"这是萧红家的菜园子，倭瓜，便是备受我们喜爱的南瓜了。

精贵之地的一畦一畦的菜园，都留给了青椒、茄子、青菜、西红柿们。南瓜也不嫉妒，它明白，笑到最后的方是笑得最好的。它泼皮易活，于二三月间播种，你给它一点点的空地，它便肆意疯长，到了四五月，藤藤蔓蔓，直爬得满坡地满山冈。

在我老家中院村，称其为番瓜。其叶如同一把把小蒲扇，蚂蚁于叶片上行走，因为走得不紧不慢，简直有那么一些仪态万方的端庄感了。花是明艳艳的黄，花蕊只一根，如同某些菜蔬的小小幼苗，蓬蓬勃勃地直指天空，那架势，分明是骄傲的。也是的，它依存的花朵大得让人惊叹，它依存的植株直铺天边。无论什么时候，有南瓜花的地方，必有蜜蜂痴狂地叮在花蕊里，贪婪地吞食花粉，旁若无人的，数也数不清。

南瓜藤的生长，是带着呼啸之势的，坡地山冈上的草们被它齐齐地拢在了身下，犹如母鸡拢着在孵的鸡蛋们。小草遇上南瓜，不说俯首称臣，至少得保持谦逊和安静。南瓜的野心，这是不是也算得上一桩？

南瓜的吃法很多，嫩的炒，老的蒸，南瓜粥、南瓜羹、南瓜饼，南瓜藤，喷香喷香的南瓜子……吃法一款款，款款抓人心。

南瓜丝，加上好看的红椒丝一起炒，无论配稀饭、干饭抑或面条，皆鲜香可口。

在连续吃下几顿鱼肉荤腥之后，若是能够邂逅一碗南瓜粥，其对于肠胃的抚慰，自不用多说，其对于被摧残得破败的味蕾之修复功效，亦是毋庸置疑。

那种表皮挂了一层白霜的疤瘌头一般的南瓜，不好看，但是好吃。倘是馋了，将这种又粉又糯的南瓜切成大块，垫底，铺上调匀佐料的五花肉渣粉，上锅蒸至软烂，彼时五花肉充足的油水已经被南瓜齐齐地收入囊中。牙口好的不好的，胃口好的不好的，都会大快朵颐，吃到满面生辉。

对于美食，百人百口味，但是，对于南瓜，我们几乎是无一例外地被征服，吃货们心往一处想力往一处使，除了把它制成日常菜肴，还精心制成漂亮美味的各式点心。

老南瓜适量，去皮，洗净，切块，蒸熟，捣匀，制成小饼，放热油锅中煎至两面金黄，或者拌以糯米粉做成南瓜饼，风味甚佳，如今已是酒店饭馆餐桌上备受欢迎的妙品……

便是那铺天盖地的南瓜藤，也是一道可口时蔬。把藤上的叶片剪去，老茎掐掉，藤上的须保留，一点一点地把外层茸毛剥下来，剥得愈干净口感愈嫩。拾掇干净的南瓜藤，用清水洗净，切成小段，蒜切片，若是口味平和，配上温和的红椒丝，若是嗜辣，取些朝天椒切丁。锅烧热后倒入油，丢进蒜片和红椒丝抑或朝天椒丁，爆香，随后倒入南瓜藤，不断翻炒至柔软，加入少许盐，一盘色泽鲜亮、馨香四溢的佐餐时蔬就做成了。

喜欢那种敦厚如罗汉似的南瓜，这个品种的南瓜，是浑然天成的艺术品，与乡土田园贴合得天衣无缝，又似庙宇里的蒲团，我们累时想把屁股挪上去坐坐，想想到底不妥，有失尊重了。这样的南瓜，是会让人情不自禁地生出尊重之心的。

南瓜可以降低血糖，防治糖尿病，是糖尿病人的食疗佳品。南瓜子是一味供我们闲暇时享用的零食，别看它们个头小小，却真正是"浓缩的都是精华"，对于脾胃虚弱、气短倦怠、便溏、蛔虫病等诸多病症，都有着神奇的疗效。

这么说起来，南瓜是一味食，也是一味药。只是，此药非彼药，我们在尽情地享受口腹之欢时，于轻松快乐中把健康一起收罗囊中。

南瓜镂空制成的精美灯笼，我亦见过。手巧之士若是有兴趣，不妨试制，那当是一种富有成就感的活计吧。

南瓜是蔬菜界的巨无霸。冬瓜个头也大，但是远不如南瓜那么有范儿。可为美食，可当良药，可成欣赏抑或照明的灯笼，还是村野田园里一道不可不看的美妙风景——南瓜的野心，不可谓不大。

颜如舜华

记得年少时，每到春天，我老家中院村铺天盖地旺盛生长着的，是蔷薇。蔷薇的香，恬淡、幽远，若是深入花丛中，还有那么一些沁人心脾的逼人芬芳——让人愉悦的、放松的、沉醉的味道。后来，在工作地以及生活地的芜湖，看到作为行道树排列成势的木槿，闻着清幽得几近于无的木槿花香，思绪便忽地飞越千山万水、驰回年少时生活过的故乡，把那些在岁月深处一茬一茬开了谢了的蔷薇们从记忆里捞起。有些联想，是随心随性的，没有规则没有道理，就像我们听到一首歌便想到一个人，就像我们看到一幅画胸中便漾满澎湃的感动……

小学时，有一位名叫文霞的女同学，天生的好看耐看。她大我一岁，但是，她素淡得体的衣服，她浅笑盈盈的脸庞，她为人上的懂事，她学习上的刻苦，她身上多得几乎数不清的良好禀性，有如磁铁，吸引着与她相处的每一个人。那时候，我是个不谙世事的小女孩，她却像极了人见人爱的大姑娘。

及至成年后见到木槿，我便一下子认定文霞就是木槿一样的女子。

木槿，犹如温婉朴实大方的邻家女孩。在各色树木花草里，给我这般亲切温和感觉的，唯有木槿。直觉，很快捷、很直接，这种感觉虽然来得匆忙，却是相当靠谱，犹如我们冷不丁地遇见一个人，只一眼，便如同遭到电击，只一眼，便注定了日后甚至一生的无法割舍和心心相牵。

有女同车，颜如舜华。舜华，就是木槿，是《诗经》里描写的植物，也是在《诗经》里被一唱三叹地歌咏了千百年的美人。美丽漂亮，是她的外在；良善德佳，是她的内在。和这样的女子相逢，无疑是让人愉悦的；和这样的女子相处，无疑是令人受益的；若是有福，娶到这样的女子回家，那当是三生有幸了吧。

我喜欢复瓣粉色的木槿花，积极向上、蓬勃达观的样子，是顷刻间便可把人的整个身心降伏拿下的。喜欢静静地坐在木槿树下，一个人也好，或者是两个人——志趣相投的两个人，不说话，就那样默默地坐着，把半天的好辰光悄然无声地打发掉。人生的光阴有限，架不住虚度，但是，若是心中淤积块垒，或者遇着可以无话不谈的人时，便不再是虚掷好时光，那是一个人心灵的放逐，那是闲暇时朋友间无言的情感交流和快乐体验。

木槿的叶子很密，但很小，叶子的谦逊，凸显了鲜花的丰腴肥美。在我们上班日复一日经过的银湖路上，这时节，作为行道树的木槿从车窗外忽闪而过时，让人隔着玻璃看了，感到一种莫名的惊艳。

单朵的木槿，早晨绽开，当晚便萎谢了。我们看到的，唯有它性情里的明媚和阳光，一道霞光似的，虽然只那么几个时辰，却是用尽一生的力气，把最好最美的一面展示给了我们。它盛开时，我们只顾欣赏；它凋落时，我们却茫然不觉——它的痛、它的伤，只有它自己知道，它甚至都来不及自怨自艾的吧。好在就整体而言，木槿花的花期很长，长得覆满了整个夏季。漫长闷热的夏季，有了木槿的点缀和修饰，显得亮丽活泼了很多。

木槿虽然天生貌美，却不自恃美貌而娇气而矫情，只要有土壤的地方，掰下一截两拃长的枝条插下去，浇点水，便可活棵。它的可贵之处还在于，它是有着使命感和担当意识的，当春花争奇斗艳的时候，它沉默着，在骄阳肆虐的炎炎夏日里，它温婉温柔温情脉脉的气息，矫正了炎夏酷烈的气场，把我们因燥热而滋生的不快和烦恼一点一点地打压下去，犹如内外兼修的女子的耳畔絮语，抑或是婉约悠扬的唯美乐曲，再或者干脆就是山间潺潺流淌的一泓清泉了……

盛夏骄阳，铸就了木槿的坚强，也铸就了木槿的大方和端庄。春花一样的小女孩，可以有那么一些轻浮，可以有那么一些轻佻，但是，女人到了一定的年龄，必须修炼完善自己的端庄气质，这不再是无可无不可的模糊态度问题，这基本上已经关乎一个女人的品质和尊严了。

彼美孟姜，德音不忘。让人肃然起敬、无以忘怀的美丽，不是高高在上的华贵，不是悬在云端的不食人间烟火，而是亲切的纯朴的甚至是卑微的、可共粗茶淡饭的也勤劳也善良也坚强也端庄的木槿一样的女子。

西红柿的花样年华

对于西红柿，很多人都有着偏好，就像打心底里喜欢一个人，终其一生地痴，誓要永远地缠绵下去，从青春到白头。偶尔地也闹一点小别扭，但隔不了多久，就禁不住死皮赖脸地飞一抹笑容抑或掏一些低眉颔首的话过去，也不管对方究竟有着怎样的心思，自己这方兀自先开心了起来——太阳是簇新的，日子也是簇新的。

总觉得西红柿是女性的，带着阴柔的娇媚，是那种内外兼修的美好女子——也大方，也沉静，也美丽，也谦逊；外在，珠圆玉润，内在，温婉多情。

都说，三十岁以前的容貌靠爹娘，三十岁以后的容貌靠自己。按说，随着年龄的增长，思想的渐渐成熟，正当盛年的我们，应该会越来越好看。但是，有些原本天生貌美的人，却渐渐地露出了狰狞之容。从这点来说，内心的善良比智慧更重要。西红柿天生貌美，随着光阴的流逝，它越来越丰满，越来越美丽，越来越光可鉴人，虽然只不过是一枚果实，却把自己修炼得像花儿一般璀璨多姿。与一些羸弱不经看的菜蔬相比，西红柿是深得老天爷偏爱和眷顾的。所谓命运，这也算得上一种。

我这么说，并不是说所有的西红柿都长得一模一样地丰润好看，它们之间和人一样，也是有着参差不齐的差距的。选西红柿的讲究，个头大小倒是无所谓，关键的，要选那种外形饱满的，酷似幼小孩子的腮帮子，鼓得越充分越好。这样的西红柿，瓤是丰实肥美的。那种外形瘪的，内里必空，这种空像是先天胎里落下的病根子，烹调时不仅不容易烧烂，吃在嘴里的感觉也不太好。

炎炎夏日，把西红柿切成片，拿糖拌了，或者更讲究点，把洗净的西红柿拿热水烫一下，煺皮，切瓣，撒上糖，放进冰箱里冰镇一下，那份清凉，那种入口即化的爽快，立时让被炎热烦躁的气息包裹着的我们，幸福到无言。

我们拿来当水果吃的樱桃西红柿，亦名圣女果，口感与我们日常做菜用的大西红柿几乎没有什么差别。只是，看上去娇俏玲珑，格外惹人怜爱一些。至于其能否做烹调的食材用，我不曾尝试过。

吃面包或者意粉时，佐以西红柿熬制的番茄酱，不仅味道上提升了一层，意境情趣上也有了相当力度的升华。这种吃法，虽然谈不上高大上，但是，就像我们于原本空荡荡的花瓶里插入一束鲜花，平常的居所忽然间就有了一种翩然的仪式感。那种仪式感，是浪漫生活情趣的一种外在体现，会悄然激发我们的热爱生活之心。

西红柿炒蛋、西红柿蛋汤，是我们居家过日子永吃不厌的菜。对于我们这些懒人来说，省时省力的日常菜，常常是我们围着锅台转悠时的首选。鸡蛋是西红柿的绝配，鸡蛋和西红柿皆有其独特的鲜味，它们的组合，会陡然间让那份鲜呈几何级增长。惠而不费的鲜香，令人倍加珍爱。

糖醋鳜鱼算得上美食中的珍品，若拿西红柿去烹制鳜鱼，与糖醋鳜鱼相比，则更胜出一筹。这种做法，正是取了西红柿的甜味和酸味，省了糖、醋两样佐料事小，天然食材的味道，岂是加工出来的佐料比拟得了的？

西红柿的妙处还在于，易洗易切易烹制。把西红柿切成丁，丢进滚开的白水里煮，再加点豆腐丁、碧绿的豌豆或者胡萝卜丁、开袋即食的干贝，汤浓后，撒点香葱，加少许盐，淋上麻油。红的、白的、绿的、黄的，一锅色香味俱全、大开胃口的羹汤就大功告成了。

从于枝头上忐忑不安地结实，到日复一日地逐渐饱满成熟；从切瓣凉拌，到烹制加工成各式美食抑或调味品，西红柿总是那样簇簇新地绚丽美好耐看耐品。不忘初心，方得始终——西红柿的一生，是多姿多彩永不失色的一生，这得益于上苍的恩赐，也得益于它自己的勤勉努力。关于一些活得风生水起的人们的评价，放在西红柿身上，也很是恰当——它这一生呀，活得值。

萝卜的情义

冬日里，好些个菜蔬纷纷下市了，萝卜适时地填补食物的虚空，进入最丰美的时节。

年少时放学后，路过菜园，随手拔起一棵，也顾不得上面沾着的泥土，只拿萝卜叶子擦擦，用指甲剥开一道口子，然后整个地将皮掀掉，一口一口地咬下去，那种甘甜的美味，直比鸭梨。

菜园里拔来的萝卜，用刀将大棵的叶子削下来，萝卜是萝卜、叶子是叶子地码放在竹篮里，去水塘边洗净。萝卜刨成丝，装进炒好的米粉和成的面里做粑粑，然后，上锅蒸熟，自家吃些，再送一些给左邻右舍，余下的，放进竹篮里挂在堂屋的房梁上，来餐煮稀饭时，等稀饭滚沸后贴几只在锅边，如此，可以吃上好几天。腊月里，房梁上是有大景致的，无关乎风景和审美，却有着给人踏实可依的充实和丰盈感——腊鱼，腊肉，腌鸭，腌鹅……

一味好吃也好看的小吃腰子饼，萝卜丝是不可或缺的角色之一。我们往小吃摊边一站，摊主便忙活开了，往一只腰子形的金属汤勺里放进些许切好的萝卜丝，再舀进少许调和好的面糊，连勺放进沸腾的油锅里，稍稍成型后，将其掀进油锅里，再做下一只。摊主的动作自如而娴熟——都多少年了嘛。也吃过藕馅的腰子饼，远远不如萝卜馅的软和好吃耐品。

萝卜的性子特别随和，切成滚刀块，与牛肉抑或羊肉、猪肉一起烧，或者放进各种荤腥里煮汤，也或者就是萝卜本身什么都不去搭配直接红烧，在寒冷的冬日里，热热地来上一碗，也鲜也甜的滋味，万般绵柔由口入心，丝丝缕缕地缠上来。所谓的贴心贴肺，大抵便是这般况味了。

我们吃稀饭或者在山珍海味齐备的酒席上，总是不忘来一小碟黄灿灿的腌萝卜。萝卜的腌制并不复杂，大口的坛子，洗净擦干的萝卜放进去，一层一层地撒盐，一层一层地用棒槌压紧实，力道越大越好。盖上盖子，然后，每天早早晚晚地再拿棒槌去压压，直到回味了为止。那份鲜香脆，是叫人念念不忘的。到得来年夏天，腌得软烂的萝卜盛出一碗，加上水大椒放在饭锅里蒸了，就着白米饭，又是别样的饕餮享受。萝卜切成长条晒干加进芝麻等制成的萝卜干、切成细丝制成的八宝菜，又自有另一番让人百吃不厌的独特风味。

我在汤沟中学读书时，那些初中以及高中的学弟学妹学哥学姐们，每周回家带两茶缸腌萝卜等咸菜。伙食上苦是苦，但是，每天就着咸菜吃下几碗米饭的他们，成年后却是一个一个地把人生事业都经营得呱呱叫。

萝卜最懂世事人心，家常日子，清苦生活，它们也养胃，也温贫。

倘若你的肠胃感觉不太舒服了，倘若你吃嘛嘛不香了，那么，吃点萝卜吧，兴许会有立竿见影的效果。

不仅如此，素朴的萝卜，也是可以做成大文章的。各种档次的宴席上，它们的身影不仅仅滋养着我们的舌尖，还能以精雕细琢出来的唯美花朵的姿态惊艳我们的眼球。

春天若是还有少量的萝卜长在菜地里，不要奇怪，它们就像趴在窠里行动受到严格限制的老母鸡，正肩负着孕育后代的大使命。土壤里的萝卜，内瓤渐渐地被掏空了，像我们的母亲一样，随着甘甜的乳汁源源不断地流进幼小孩子的身体里，母亲的身体到面容都不再如玉般润泽、如花般娇美了，但是，又有谁能够否认母亲的美丽？这时候的萝卜，没有人忍心去惊动它，它正屏气凝神地抽薹开花结籽，它把养分全力地输出，向着薹向着花向着籽的方向，而它自己却渐渐地变得松软稀疏。其实，单就外表上看去与冬日里的萝卜并没有什么分别，但实际上它的分量轻了很多。空心大萝卜，形容华而不实的人或事物，实则是我们人类一边向它索取，一边又毫无道理地编排它的不是，一如"山间竹笋，嘴尖皮厚腹中空"之说，真的是不该了。

我们常说到单位里的人事，一个萝卜一个坑，意思是做事踏实，不敷衍了事，对于岗位、对于生活、对于世事人生，我们都应该像萝卜一样地尽职尽责，不负使命。《红楼梦》里的各色人物，对于身居底层的刘姥姥，我怀有崇敬之心，一直以为，集智慧宽厚仁爱于一身的她，理当享有这样的荣光。某次行酒令时，刘姥姥道"一个萝卜一头蒜"，大约也是说的人生在世，无论是萝卜还是蒜，都当各就各位、各司其职、各凭本事、各存良心吧。

杨花萝卜，是萝卜界的袖珍美人，于杨花飞舞的时节上市，故得此名。将杨花萝卜洗净，用刀的侧面将其一只一只地拍裂后浸泡于糖、醋、盐调成的汁液中，一道开胃可口的美味即成。杨花萝卜的这种做法，特别适合下酒。

对了，萝卜在《诗经》里有个名字——莱菔。不过，我还是喜欢"萝卜"这两个字，无矫饰、不做作。民族的便是世界的，大俗的便是大雅的，萝卜的好，尽得此理，尽在不言中。

又是一年吃菘时

双休在家，于暖阳下翻看杂志，说某个冬日，齐白石正在作画，听人吆喝卖大白菜，他老人家心思一动，当即画毕一幅白菜，朝着正吆喝的卖菜老农走过去。菜农见来了生意，取秤待称时，齐白石拿出那幅新作："我拿这画的白菜，换你一车白菜，你可肯吗？"菜农一听，勃然大怒说："我不看你一大把岁数，窝心脚窝死你！大北风天，有这么消遣人的吗？想得美！拿一张假白菜，要换我一车白菜！"这档子生意当然是黄了，我替菜农心疼了半天。都是事后诸葛亮，若是换了我，斯情斯境下，我的眼力也断然不可能比那个菜农强。

齐白石画白菜，多数黑白两色，有时候，于硕大的白菜边上，画一只红萝卜、两只红辣椒、一只红蜻蜓、一只小昆虫，便有了锦上添花的无穷美妙。李苦禅的大白菜，则自有另一番意趣，仿佛一株巨树，把画面填得相当的满，那种满，实在、丰沛——即便清贫，也绝不气馁；即便艰难，也要想方设法地寻求幸福和满足感。因为，有诸如大白菜一样清爽可口的菜蔬们，不离不弃地慰藉着我们，日复一日地滋养着我们的身体和胃囊。

大白菜相当入画，无论是彩色还是墨色，都有一份沉稳端庄在。生活中，遇到这样品相朴实憨厚的人，若是合了眼缘，不要轻易放弃了，那是你看着平常、相处暖心、遇事不顺时能够得到真诚慰藉的人，那是可以陪伴终身、托付终身的人。我说了这么多，似乎都不能表达到位，那么，借用一句宫崎骏的话："不管你曾经被伤害得有多深，总会有一个人的出现，让你原谅之前生活对你所有的刁难。"

普通的大白菜，古时有一个很雅致的名字，叫作"菘"。苏轼有诗云："早韭欲争春，晚菘先破寒。人间无正味，美好出艰难。"此菘非彼松，但是，它确实有着如松一样不畏严寒的优良品性。深冬，扒开厚厚的积雪，硕大的叶片，一瓣一瓣地掰下来，清洗干净，烩粉条，煮肉汤，与肉糜一起包饺子，或者就是大白菜本身，烧一锅清汤，那种入口即化、鲜中带甜的滋味，也让人在寒冷的日子里，吃得浑身通泰、眼放光芒。

古时候的人，说话比较简约，单单一个"菘"，其实代表了一个系列的蔬菜，比如，白菜、青菜、黄芽菜等。每每去菜场，一旦看到那种肥腴的矮脚青菜，必会快速伸出手去，一棵又一棵地拿来丢进菜篮里。卖菜的菜农看我眼放光芒的贪婪模样，必会适时地来一句："你买我这杨家门青菜，绝对错不了，不放油都好吃。"杨家门青菜，青菜中的一个响亮品牌啊！

年少时，我们家菜园里有几畦地上种的青菜，一律都是肥腴的矮脚品种。清洗干净，拿菜籽油清炒好吃；若是放进骨头汤里，那种浓郁到醉人的鲜香，几乎能把人融化了。"三天不吃青，肚子里面冒火星"，对于青菜，我一直青睐有加，不仅仅因为"青菜豆腐保平安"，关键还在于它又鲜又甜的好味道。

冬天，带把小铲子去菜园里铲几棵青菜回来，清洗干净，和洁白的粳米一起烹煮，是谓菜饭。煮好的菜饭，盛进碗里，舀上一勺水大椒，越吃越香，我几乎每吃必过量，肚子已撑得滚圆，嘴巴里的馋虫还在肆意兴风作浪，怂恿着我："再吃一碗，再吃一碗……"

我炒青菜，喜欢加些香菇，菜籽油倒进热锅，放进洗净的青菜，然后抓一把泡软的干香菇或者正上市的新鲜香菇丢进锅里，大火炒几下，加点水，焖上片刻，揭开锅盖，再翻炒几下，一碗鲜碧可人的下饭菜就可以盛盘了。一盘红烧狮子头或者一只热气腾腾的火锅，加上些许鲜碧的青菜，于色于味上，那都是锦上添花。

矮脚青，永远是不谙世事的妙龄少女——无论是立于菜园，洗净后放进篮子，烧好后盛进盘子……它是妥帖的贴心小棉袄，一年四季，春夏秋冬，它带给我们的，永远是和暖春风一样的明媚畅快感。

到了春天，青菜抽薹，嫩绿的菜薹无论清炒还是煮汤，都是佐餐、化解油腻之妙品。

矮脚青菜适合现摘现吃，而我们吃面条或者稀饭时搭配的腌菜以及香菜，则由高大挺拔的高秆白菜腌制而成。腌制白菜不仅需要长长的时间，还需要一系列烦琐的工序，于此不再赘言。

凛冽的寒冬，如果只能选择一类蔬菜，那么，我会毫不犹豫地选择——菘。

朵朵向阳开

中院村的土地金贵，整块大片的都用来种水稻、种麦子、种棉花、种蔬菜了，向日葵的生长环境，基本在"犄角旮旯"。如此的待遇，想来不外乎两个原因：一来，收获葵花籽的向日葵，于贫瘠的乡村生活来说，不是雪中送炭，只能是锦上添花，滋养我们肠胃的，有花更好，没花真的没什么大不了，有香喷喷的葵花籽更好，没有打点牙祭的葵花籽真的没什么大不了；二来，向日葵对土壤要求不高，在沃土里，在旱地里，在瘠薄的土地里，甚至在盐碱地里，它都能够生根发芽、开花结籽。

让我感恩的是，在我年幼的生活里，向日葵以及葵花籽不曾缺席过。这个"不曾缺席"，当然不是以"日"计，而是以"年"计。阳春三月，于房前屋后，于田埂地头，挖出小坑，撒下三两粒向日葵籽粒，以土覆上，此后的日子，内心便有了一份让人欣悦的期待和希望。日复一日，向日葵以它明丽的色彩和蓬勃昂扬的姿态，把我年少时清贫的生活照亮。

绘画爱好者，如果不曾有过乡村的生活经历，对于向日葵的认知，大约和凡·高有关。那个离世后其作品价值达数千万英镑的艺术家，有生之年，他那幅被后世供奉在艺术圣坛上的《向日葵》，甚至换不到一片果腹的面包。

生活在低处，灵魂在高处。是的，我说的是凡·高。但是，现实是，再高尚神圣的灵魂，也离不开尘世烟火、离不开困了要睡觉饿了得吃饱。

说到凡·高，不能不提我住海员楼单身宿舍时的同室女友。她的本名姑且不提，我一直叫她"严西"，那是她读大学时同学们为她取的名字。也就是和她同室而居的日子里，她时常从男友那里带回一些画册给我看，其中就有凡·高的作品《向日葵》——花蕊似火，温暖炽烈；花瓣如骄阳，光芒四射。厚重的画面上，每一笔每一画都是丰厚的宝藏。

彼时，严西的男朋友刚刚毕业于国内一所名牌大学，原本他应该作为那所大学与德国某名校交换的两名大学生之一而出国留学，但是，天妒才子，出国前体检，他被查出了严重的肝病。遗憾的是，年轻的他并没有意识到疾病的严重性，依然成天地泡图书馆看书、查阅与他学业有关的资料，令人扼腕地贻误了治疗时机。工作于医院的我，为他打过一阵他从外地医院开出的药剂。第二年的夏季，每晚按时回到宿舍的严西有两天没有回来，再回来时，短袖上衣胸口上别了一朵白色的小花。后来的日子里，她还是一如既往地安静地生活、努力地工作，把弟妹从家乡一个一个地带出来，她自己也成了家，生了孩子。但是，她的婚姻并不幸福，或者说，她千疮百孔的婚姻让她饱受摧残和折磨。痛定思痛后，于孩子成年时，她离了婚。

后来，我换了单位，偶尔在路上相遇，打个招呼，说上三两句云淡风轻的话语。关于她的初恋男友，她没有再跟我提起过。那是她曾经的甜蜜，也是缠绕她一生的忧伤。我知道，那是她此生爱过的唯一的男人。那样优秀的男人，他是她心中永远的向日葵吧？她最美好的爱情，只在他那里绽放过、燃烧过。

如果，以向日葵喻爱情，我以为，那份爱情里潜藏着的，是坚贞，是执着，当然，还有沉默。让人唏嘘感叹的爱情是，曾经像向日葵一样热烈美好，却也终有一天，如流星一样无可挽回地消逝如烟。

烈日炎炎的夏日里，向日葵的成长，也格外斗志昂扬，前线的将士一般，勇往直前，无暇将歇。"更无柳絮因风起，唯有葵花向日倾。"是司马光的诗句，夏季，没有了那随风飞舞的柳絮，只有自始至终向着明媚阳光绽放的葵花——阳光普照的地方，是它不息的追求，是它前进的方向。

向日葵最宜观赏的时节，在夏日。它的枝干很坚韧，阔叶如绿伞，花朵像太阳。它以纤细的身躯，支撑起硕大的花冠，向着阳光，倔强成长。

向日葵成熟时，是秋天，把成熟的葵花籽搓下来，摊放在筛子里，倍加珍惜地端出去，放在院子里晾晒，末了，还不忘扣上一只防止麻雀偷嘴的篾罩子。因为数量实在是有限，平时舍不得吃，总要等到腊月，把年复一年盛着炒年货沙子的瓦罐从床底下掏出来，看到油黑闪亮的沙子，我仿佛闻到了蚕豆、黄豆、花生、玉米、薯条、米角、炒米、葵花籽的喷香……

从出生到小学毕业，我的世界只有中院村，一年中也有几次会跟随父亲或者母亲去姨家潭的二姨家，或者去石头华山的舅舅家。在我幼稚的瞳仁里，那两个村庄和我家的中院村并没有什么两样，包括于田埂地头散落着生长的向日葵，以及我们捧在手心里一粒一粒细数着慢慢剥开吃掉的葵花籽。

读小学的那些年，我同桌的男生在年关以及年后，总会拿一张皱巴巴的纸裹些吃的给我，有时候是葵花籽，有时候是花生，有时候是黄豆，都是他家地里种出来的。他带葵花籽的次数少些，那是因为，他家和我家一样，所种向日葵的数量也是少之又少。

向日葵还有一个好听的名字：望日莲。仰望太阳，追随太阳，不忘初心，终其一生。让人欣慰的是，似乎，渐渐地，它自己也成了太阳——花朵，是太阳的颜色，明媚、金黄；笑容，是太阳的模样，开朗、敞亮；气质，是太阳的味道，昂扬、高蹈。

野有苜蓿

草头长得正盛，几个妇女手里挎只篮子或拎只袋子，手持剪刀弯镰，细心地采摘。我估摸着，采摘够一盘菜，大约需要个把小时吧。

江南的春季，遍地草头。草头，亦名苜蓿，朴实憨厚的样子，生于村野畈上，并不自怨自艾，是那种天分不高但懂得自强自立的女子。这样的女子，把美丽端庄凝重都浓缩进了骨子里，虽则卑微，却也洋溢着一种不容侵犯的气质。

你来或不来，我都在那里；你关注我不关注我，我都会照顾好自己。我天生平常，但我会努力地经营自己的平常；我谈不上美丽，但是我会努力地让自己的生命充沛饱满，不失美好。

是的，这就是苜蓿。

在低处，我们也要适度地孤芳自赏；在高处，倒是大可不必念念不忘着跋扈张扬。

什么话适合跟什么人诉说，你的心会告诉你。但是，有时候你会悲哀地发现，自己内心的感觉原是错误的。人至中年，我几乎削平了身上的每一根刺，不再于刺痛别人的时候伤及自己。随着年龄的增长，我渐渐懂得了以欣赏的目光去看人见物——智慧的、美丽的、仁厚的，还有如我这般平常的人，以及大自然里如苜蓿那般拙朴的草木。其实，所有的人，所有的自然之物，其内在外在，都自会闪烁出不可多得的光芒。

那天，和两个大姐一起去长江大桥的引桥下，这样一块鲜有人光临之地，其实，几乎敌得过一片景区、一座花园了。漾满清水的池塘里，几个妇女蹲在石板边洗衣裳，那情形，是我年少时老家中院村的光景；树丛间、土路上，苜蓿几乎是呼啸着铺向天边的，年龄参差不齐的妇女们手执剪刀抑或弯镰聚精会神地采摘着绿色环保的盘中餐，亦是我年少时老家中院村的光景。

这时节，每每于餐馆里饕餮，一盘翠碧的苜蓿端上来时，已是道道荤腥之后。夹一筷子放进嘴里，起先的感觉有些微的苦涩，于喉舌间滚过一圈之后，味觉上竟又百转千回，滋生出缠缠绵绵的甘甜芳香来。

那条遥遥伸向无涯之处的铁路畔，大岛樱欲放未放，那些小小的花苞，极尽全力地收敛着自己，她们尚且是待字闺中的女子，花半开，酒微醺，恰恰好的时节。过了些天，再于异处见到大岛樱时，兀自吃了一惊，前番见过的花苞，幼小得如同戒指一般大的花苞，居然有着那样强大的爆发力，每一朵花层层叠叠，壮硕得竟犹如栀子玉兰一般。大岛樱的好，与苜蓿有着异曲同工之妙，都如同一类人，懂得含蓄收敛的魅力和技巧，蓄势的阶段有些长，你说她耐得住寂寞也好，你说她不鸣则已一鸣惊人也罢，她终会在某个最恰当的时候迸发出全身的能量，虎虎生风，呼啸而来。

山麻秆是性情颇为木讷的树种，春天已经过去好些日子了，它们还沉睡在梦境里，大片大片的，远远看去，犹如一堆僵枯的柴火棍子。都清明这会儿了，才三三两两地钻出几片红叶，打出几粒苞子。好在，那叶、那苞，都是红艳艳的，奔放、热烈，缀在枝上，仿佛能工巧匠不经意间却又是功力非凡的一出手，匠心独运，竟是非同寻常地耐品耐看了。山麻秆的身下，铺天盖地地长满了苜蓿，两相映衬，在明媚的春光里，在少人涉足的幽静之所，竟有着登峰造极的秾艳绚烂。

这样一处自然而然地长满苜蓿和各色草木的好地方，让人流连，不舍离去。是的，至极之美，至极之境，都是自然的，自然而然的——把时间留给时间，把天空留给天空，把大地留给大地……

苜蓿是一种优质的马草，当年朱元璋大战陈友谅时，就写过一首关于苜蓿的诗："马渡江头苜蓿香，片云片雨过潇湘。东风吹醒英雄梦，不是咸阳是洛阳。"敦厚朴实的苜蓿，来自乡野，即便用尽平生的力量提升自己，高度亦是有限。但是，出乎意料的是，它居然不期然地落到了英雄的笔端，落进了英雄的梦里。有此诗，苜蓿可堪慰藉。世间人事，高与低，未必绝对——伊很辉煌，却未必高尚；你很卑微，却未必渺小。

兴许某日，我会再去那寂然无声的大桥下铁路畔，挎只篮子或拎个袋子，精心地采摘那些嫩绿的苜蓿，然后踏着夕阳回家，把苜蓿一一洗净，清炒、凉拌、做羹、煲汤……

穹庐红日晚，满眼青山。人过中年，我尚有梦想。我的梦想，在长满苜蓿草木的路上，在苍茫辽阔的大自然里，在无人知晓的远方……

玉米的天空

六月天，从我们家后院走出去，走过一座牛栏，呼啸着扑入眼帘的，是一望无际的油润润的绿野。这样好看的原野有一个很气派、很拉风的名字——青纱帐。若再往透里说，那些聚精会神地编织成虎虎生风的青纱帐的成员们，便是正茁壮成长着的玉米秆了。

对于五谷杂粮之一的玉米，我是有一份情结的，确切地说，对于土地里生长出来的很多庄稼植物，我都有着一份根深蒂固的情结。于一些物事的情结，不一定会让你平添快乐，但一定会让你多出一些内涵，增加一些分量。

喜欢稻谷的老黄，喜欢麦子的苍黄，也喜欢玉米的澄黄……

布谷鸟不停歇地鸣唱时，玉米种子被播种进了土壤里。盛夏时节，雨水充沛，玉米苗铆足了劲地往天上冲，在夜晚，甚至在艳阳普照的白日里，我们都能够听见天籁一般的声音——那是玉米正用尽全力地咬牙拔节，那份劲头，类似于孩子吃奶时的贪婪，有着几分倔强和顽皮，把脸都涨红了，面皮下分明地充盈着一股子气以及坚定较量的劲头。

玉米的叶子与苇叶很有几分相像。玉米秆没过人头时，开始孕育玉米棒，在距离土地七八片叶子的叶根，无声地冒出一个又一个的小尖尖，再几天工夫，稚嫩的玉米棒就很像那么回事了，棒尖上吐出细丝，雄穗也适时地绽开花。那是一道非走不可的程序——好比男女恋爱，终至花好月圆。玉米棒子上的胡须在花粉的助威助力下，冲天的长势一发不可收，受了精的玉米棒，于无声中开始孕育如珍珠般精致漂亮的籽粒了。

桂花飘香的时节，壮实的玉米棒子累累地侧立于并不够壮实的禾秆上，着实让人替禾秆捏把汗，担心它们被压垮了。其实，我们的担心纯属多余——人和物一样，不遇事，你想象不到自己的坚强指数有多高不可测；不承重，他想象不到自己的脊梁竟然可以比钢铁更韧更牢。这时候的玉米地，一棵一棵的，大有看头，仿佛即将奔赴前线的英勇将士，又仿佛迎接阅兵的英姿飒爽的士官方阵，凛然肃穆，不怒自威。

最好吃的，莫过于从地里刚刚掰下来的玉米棒子，带着太阳的热烈和我们掌心里的暖意。我们迫不及待地把它塞进灶膛里，一股焦香扑过来，赶紧拿火钳夹出来，也顾不上烫手，就这样双手轮番交换着递向嘴边，直吃得从牙齿、嘴唇到下巴都染上了一层墨黑，还是不肯罢休……

沉甸甸的金秋，收获的喜悦到玉米这里掀起一个高潮。熟透了的玉米棒子被一只一只地掰下来，淳朴香甜的地气往上升腾，瓦蓝瓦蓝的天空也在往高处升腾，是天高云淡，也是秋高气爽。剥去了表皮的金灿灿的玉米棒子们，被整整齐齐地晒在院子里、排在房檐下、垒进粮仓里，垒成光芒万丈的玉米墙。一只玉米棒已经有了一点气势，那堆积如山高的玉米棒的气势呢？是足以当得起富丽堂皇的吧。

如果我告诉你，玉米秆也是可以食用的，你信吗？它有着甘蔗一样饱满充沛的水分，一口咬将下去，那份甜，也是能把你的身心整个地降伏的。

玉米不似好些个谷物粮食，它是资源节约型的好榜样，不用耗费各色佐料，只拿一把火烤了或者放进白水里煮了，便自成一顿好饭；即便是本色本味的玉米糊，就着点家常小菜吃下去，也保准你吃得口舌生津，不把肚子撑得滚圆都舍不得丢下饭碗。

讲究点的吃法，譬如，排骨玉米汤：将排骨洗净，氽去血水，再捞出用清水冲净；玉米棒洗净切段，放入姜片、葱段、少许盐，加水煮沸，后改文火煮至酥烂。那种鲜，那种香，也不用我多说什么了。

一些农家饭店里，四处悬挂着一串串好看的玉米棒子，虽然只是模型，但是看着让人心中自然而然地滋生出踏实可依感；酒店里的宴请或者小聚，少不了一壶鲜榨玉米汁；闲暇时，翻看一本书，手捧一杯茶，就着一份新鲜出炉的劲爆玉米花，书香茶香玉米香，香香袭人……

现在的玉米种类繁多，水果玉米、黑玉米、糯玉米……引人怀旧的还是那种澄黄澄黄的形象纯朴的玉米棒子。

玉米的天空，广阔无垠，属于它的不仅仅是广袤的土地，还有普天之下饮食男女们金刚不坏的胃囊。它不仅滋养着我们的身体，附带着，还一并滋养了我们的精神和灵魂。

红高粱

对于高粱最深切的记忆，定格在芦西汤圆这里。是的，芦西，就是高粱；高粱，就是芦西。这话绕来绕去的，似乎没什么意思，但是，因为我年少时一直叫芦西，所以，每每说到高粱时，我的思维总要拐个弯，有点强迫症的意思了。

糯米汤圆，外观莹白；芦西汤圆，外观朱红。要说口感吧，区别不是很大，都是又糯又甜。但是，就色泽品相来说，芦西汤圆分明要胜出一筹了。母亲做的汤圆历来很大。多大呢？足有我现如今的拳头一般大。农村人，做人实诚，做事实在，不晓得玩虚的。汤圆不是下在清水里，而是在灶膛里的柴火将稀饭煮得突突突地冒泡时，将内装芝麻糖心的汤圆下进正煮着稀饭的大铁锅里，合上锅盖，一股子甜香溢满灶间时，拿火钳把灶膛里的火压掉。一碗稀饭，一只汤圆，就能把肚子撑得铁饱。

清明时节，播种高粱，生根发芽的幼苗呼呼长。这是农人极为辛苦的时节，麦子、玉米、棉花、水稻，还有菜园里的各色菜蔬，样样是宝，一样马虎不得，一样耽搁不得，瞅准时机，见缝插针地为高粱锄禾，顺带着拔掉杂草和弱苗，为好苗腾挪出更广阔的土地空间，以使它们能够得到更充足的养分保障。锄禾日当午，汗滴禾下土。没有农人面朝黄土背朝天的辛勤劳作，就不可能有各色农作物的良好收成。

入夏，秫秸被渐多的雨水一催一泡，用不了多长时间，就能蹿出老高。农历六月，高粱开始抽穗，这时候的高粱进入了生命中最好的时期，青春勃发，生命跃动。这个时期很短暂、很精贵，过了这村就没这店了。为了保证秫秸的通风透光苗壮成长，得认认真真仔仔细细地掰掉根部的老叶。掰高粱叶是件耗时费力的活儿，彼时正当三伏天，酷暑难耐，脚下蹚着水，高粱花子、小虫蚂蚁齐齐地落于身上，浑身刺痒，咸腥的汗水从额头上铺天盖地地淌进眼睛里，直把眼睛辣得生疼。一般来说，高粱叶要掰两至三茬，掰至最后一茬时，只剩下了顶端的两三片叶子。这时候的高粱地，与翠竹林有了几分相似——禾秆通天，清风四溢。

中秋过去，高粱日渐成熟。高粱别具一格的美，美在其穗，它们齐刷刷地站在地里，不仅仅是壮观，甚至带着庄严的意味了。像是怀孕的母亲，气质里自然而然地散发出几分端庄肃穆，随便站在哪里，都是不容侵犯的，让人自然而然地生出尊重之心。高粱穗子很是懂得谦逊之道，虽是饱满明艳，却不愿太过张扬，把头低下去，以致敬的姿态面向大地苍生。其实，该向它敬礼的是我们人类，它是我们的衣食父母之一。但是，在物质极大繁荣的今天，很多人已经不懂得一衣一食的来之不易，有些人甚至丧失了感恩之心。

我们放学后，在经过高粱地时，总会奋不顾身地钻进去。口也渴了肚子也饿了的我们，把老师课堂上"要尊重别人劳动成果"的谆谆教导早已抛到了九霄云外，我们竭尽全力地连根拔起秫秸，躲在田垄里一口接一口地咬将下去，大嚼特嚼起来，直吃得硕大的夕阳都看不过去了，红着脸庞，一个跟头栽下山去。母亲的叫喊声从村口传过来，这时候如果有只野兔蹿过来，你说我们是逮还是不逮？

收割高粱不仅是力气活，也是技术活。男人们有的是鼓胀的肌肉和无穷的力气，一身短打的他们，左臂同时好几株往怀里一拢，右手紧握的镰刀抡过去，片刻的工夫便撂倒一片。捆好的高粱穗，被拉到稻床上，晒上三五个日头，干透了，套上石碌的老牛上场碾轧，那吱吱呀呀不紧不慢的声响，看上去挺悠闲，其实，牛累，人也累。碾轧完毕，把秫秆清理出来码成垛，那一地碎金一般光亮、玛瑙一般艳丽的高粱米被拨拉到一起，就着一股子火热的干劲，扬场开始……

脱粒后的秫秆靠穗处，被精心制成了扫帚，轻巧美观耐用。那一茬茬擗下的高粱叶，枯黄的可以织蓑衣、打苫子；青叶晒干后，被送进牛栏里，那是累了一年的老牛们寒冬腊月里的上好口粮。

生长于朴实土地里的高粱，放低架子，可以做柴火、当饲料、扎扫帚、打篱笆、织席子；端起架子，可以担纲酝酿琼浆玉液的大文章。入得厨房，出得厅堂；落实到居家过日子，它大俗，落实到宴请宾朋，它大雅；于雪中，能够送炭，于锦上，可以添花……红高粱的有格有品，让我们在消费它的同时，也当揣摩处事做人的大文章——即便落身于贫瘠的泥土里，也应当把自己修炼得尽可能地美好。

芝麻开花节节高

芝麻开花节节高。这是芝麻给予人类的文化启迪，尽管，这个启迪与苹果带给牛顿的启迪不可比，但是，在我看来，小小的芝麻已经是相当了不起了。

那些年月，我家种芝麻，都是边边拐拐的田头地角。倒不是对它不重视，只是因为它的泼皮易活。夏末秋初，莹润碧绿的禾秆上开满了喇叭一样的小白花。开满花朵的禾秆，立时光鲜明媚起来，细细长长的花蕊，随着清风的吹拂，把一缕一缕的清香源源不断地传输出来。我们站在田埂上贪婪地闻着，那香味能让人打上几个响亮的喷嚏。

芝麻如少年，一些日子不见，便蹿高一截，它每开花一次，便拔高一截，再开花，再拔高。花落结籽，一颗一颗的籽荚，在紧贴主干的位置，以挺举的姿态，稳重端庄，错落有致。

荚子里的芝麻粒，特别懂得排兵布阵的技巧，你无论剥开哪一只，它们都整整齐齐、姿态昂扬，一个一个小小的士兵似的肃立在那里，仿佛在无声地喊着——立正，稍息；立正，稍息……

金秋时节，芝麻被大棵大棵地收割回来，整齐有序地靠在门外的墙壁上。它们和大豆一样，等到被晒得干枯了，拿连枷一下一下节奏匀停地把籽荚拍开，收拾掉枯禾，仔仔细细地拣尽沙土，颗粒归仓的它们在之后的长久日子里，会被制成各式各样丰富多彩的至美之味，成全我们的口腹之欢。

一只青花瓷罐里，装着半罐芝麻。早晨，母亲倒出一些芝麻放进米升里，再给我一只小木槌，我便一下一下地用那只小木槌在米升里捶开了。我捶芝麻，其实多数时候有些小和尚念经的意思。因为米升并不深，捶时得用巧劲，否则，容易让芝麻粒们一蹦三尺高。木槌在手，抬起、落下，在与芝麻接触的那一瞬间，劲道很生猛。那生猛的劲道，使的是巧劲，像是平常和颜悦色的大人，在小孩说错话或者做错事的时候，一眼剜过来，只那一眼，不说要了你的命，至少也把你吓得三魂丢掉两魂半了。我那看似不经意的一捶又一捶，每一下都让芝麻粒强硬的魂魄丢掉几分。在捶芝麻这事上，我也算是个熟能生巧的人了。

衣不如新，人不如旧。酒是陈的香，醋是老的好，搁在谷物这里，却是与衣裳一样，愈新鲜愈好。要不怎么说，陈芝麻烂谷子的事，还提它做啥？可是，我不行。我的童年很清贫，很孤独，甚至带着些说不清道不明的烦恼和忧伤，但是，这依然无法阻止我这么多年来无休无止地回味咀嚼，阻止不了我对于那些岁月深深的怀念。

只要有美食的地儿，芝麻一准少不了，烧饼、糯米饼、南瓜饼、香芋饼、鸡蛋饼、发糕、烘糕、麻球、饼干、肉松、羊肉串，都会扑上一层芝麻。扑上一层芝麻的这些美食，更好吃也更好看。做菜、煲汤、熬粥时，如果撒进一把芝麻，口感自然会大有提升。至于那又香又甜的芝麻糖，以及于下好的面条或者汤锅里再淋些芝麻油，那种滋味，当然是让人口舌生香、回味无穷。

我只见过黑、白两色芝麻，据说还有杂色芝麻和黄色芝麻。杂色芝麻用于榨油，黄色芝麻不仅用于榨油，还可以用来做芝麻酱，对此，我比较孤陋寡闻。

一直喜欢吃汤圆。糯米粉汤圆、高粱粉汤圆，它们的馅，芝麻担任了主角。一锅汤圆，好吃不好吃，就看那芝麻糖心的演绎水平了，好比一部片子里的领衔主演。芝麻若是少了或者与白糖搭配得不够好，那么外观再好看的汤圆，也仅仅是金玉其外罢了。

芝麻粉，是拿炒熟的芝麻和糯米一起碾成粉，那种香，缠缠绵绵，余香袅袅。我在武汉上学的那些年，每次从池州坐轮船去汉口，路途上即便顺顺当当，也需要30多个小时。那30多个小时的旅途，多数时候都靠着芝麻粉解决我的饥饿问题。一只瓷缸里舀进些芝麻粉，加些白糖，再去盥洗室接些开水，拿勺子搅和均匀，一勺一勺趁着腾腾热气吃下去，自己是"久居芝兰之室不闻其香"，旁边的人，倒是一下一下地吸着鼻子，他们在默默地闻香呢。

我家每年至少做两次芝麻粉，一做便是一洋铁箱子。因为量大，芝麻得放在地凼里煅。起先对于"煅"这个字的用法有些不解，不就是把小小的芝麻弄碎吗，至于这么费力？又不是煅铁。其实，真的像煅铁一样的。俗话说，看花容易绣花难，别看芝麻个头小得冷不丁掉到地上便可能瞬间看不见，但是，它的韧性却是相当大，一只锤子对付千军万马的芝麻，还真的要费些力气。捶一下，一汪油冒出来；再捶一下，又是一汪油冒出来。最后，地凼里的一堆芝麻，成了一只大粑粑。终于，芝麻被捶成了碎渣。

在武汉读书那几年，有一种面食至今不能忘怀，每每想起，便有想冲过去一饱口腹的冲动。那种面食叫热干面——加足了芝麻酱的热干面。其实，也并不是仅仅为了吃而吃，想来，武汉的热干面，已经在我的意念中被糅进了我那早已逝去的青春岁月。那是一种复杂的情感，仿佛我们怀念故人故土时，带着些甜蜜，也带着些忧伤。

总有人说，脸上散落几粒芝麻粒一样雀斑的女人，于自然中平添几分俏皮和妩媚，譬如，《红楼梦》里的鸳鸯，还有国际巨星、国内明星们，脸上有雀斑的也不在少数，但是，个个都那么好看。那些形态与芝麻大差不差的雀斑，竟有着芝麻一样的风流韵致吗？

芝麻，被称为"八谷之冠"。虽然它只是满足我们味蕾以及口腹之欢的配角，但是，这个配角为我们带来的饕餮享受往往跃居于主角之上。这是没有办法的事，一如《红楼梦》中所说，"妻不如妾，妾不如偷"，要的就是那份稀罕。当然，我没有一丁点贬低芝麻的意思，我的意思是——我们日复一日老调重弹的生活，需要一些出其不意的情调，需要一些让人眼热心暖的仪式感，需要来自芝麻这般可食可赏的物质的锦上添花。

花生的前世今生

那些年住青山街，上班下班买菜上街购物，少不了一趟一趟地从毗邻的冰冻街走。冰冻街上有一家炒货店，那么多年，生意一直很好。各种炒货琳琅满目，我路过时常买一些。他家销量大的有两样，一样是瓜子系列，另一样是花生系列。小小的花生，可以做出多种美味：带壳炒花生、奶油花生米、椒盐花生米、五香花生米、花生糖、花生酥、鱼皮花生米……我买得较多的是带壳花生、花生糖、花生酥。

读小学时，上语文课，老师出谜语给我们猜："麻屋子，红帐子，里面住个白胖子。大家猜猜是什么？"话音未落，同学们便纷纷举手："花——生——"那声音，几乎是整齐划一的。

花生也是春播作物。入夏，嫩黄色的蝴蝶样花朵一夜之间绽放开来，被椭圆形绿叶层层叠叠地托起，蝴蝶蜜蜂成群结队地缭绕飞舞，田园风光一时间几乎为之独揽。

花生和山芋、土豆、萝卜一样，果实结在深埋于土层下的根部。花生收割，在暑假。我和母亲一起去地里，手握锄头举起，朝着一棵花生挥舞过去，随即锄头向上一翻，那棵结满籽粒的花生便被挖了出来。摔打抖落掉根茎部的泥土，一粒一粒饱满的花生荚的芳容便显露出来。再一把一把地扯下花生荚，丢进稻箩，挑到就近的塘里冲刷掉花生壳上的泥土，担回家，摊在簸箕里晒上几个日头。簸箕架在凳子上，不能图省事地放在地上，以防猪拱鸡啄。饶是如此，还会有不安分的鸡们不时地扑腾着飞上去。

晒干的花生，一部分剥出米放进洋铁箱里，其余的连壳装进麻袋吊在房梁上。

物资匮乏的年代，能吃的都是宝贝，那所种不多的花生自然成了宝贝中的宝贝。我们家的花生收割回家不过浅浅两稻箩，留下一些春播的种子，剩下的带壳不带壳的，是吃的，更多时候是看的。平常父亲从汤沟中学回家，炒上一碟，带壳的须到腊月，将陶罐从床底下掏出来，倒出里面的沙子入铁锅，带壳的花生倒进去，浩瀚霸气的香芬，一片汪洋似的汹涌而来。我们几个姊妹，人手捧上一捧，再想揣些到衣兜里，被一旁监督着的母亲轻喝住：好了好了，留着过年吃。好在，家里的黄豆多，做糖豆子；糯米多，做炒米糖。年渐近，日子里满满的都是甜，我们便退而求其次地沉溺到那些甜里。我们渴望母亲能够做些花生糖，从无例外地被拒绝："这点花生，做花生糖都不够吻锅的。""那不能多种点吗？""多种点，你们不吃饭了吗？"

我们家的年货，好的总是尽着弟弟吃，他每每吃花生时，姐姐就会凑过来逗他：剥几个给我香香嘴。

油爆花生米，是下酒的一味好菜。须冷油下锅，小火，空气中飘浮着热烘烘的烟气时，诱人的香味便腾腾地扑过来。刚刚炒熟的花生米，藏匿着丁点水汽，在逐渐冷却的过程中，水汽随着热气慢慢蒸发出去，剩下的就是可口的酥脆了。只一小碟，就能把一顿小酒喝得吱吱溜溜地滋味悠长。

地里新摘回来的花生，盐水煮了。那样的吃法，我总觉得不够香，没有把花生香喷喷的潜质充分挖掘出来。那是我小学时同桌的男生时常带给我吃的。他父亲是大队会计，家里日子过得滋润，到了年关，他口袋里揣着的零食更是每天花样翻新，花生只是其中的一种。他吃炒花生不像我们随手推掉衣子，他说，花生衣子补血，我不太相信。我排斥的另一样因由是，连同花生衣子一起咀嚼影响麻溜顺滑的口感。后来，我耳闻目睹了一些恨病的人拿它当药，大锅大锅地熬水喝，据说效果相当的好。

20 世纪 80 年代，我在汉口读中专，病理课上学习肝癌一节时，老师说南通一带肝癌发病率高，其原因是当地盛产花生，但是花生倘若保管不当，极易产生黄曲霉毒素。老师的说法，阻挡不了我们对于花生的喜爱之心。在汉口读书那三年，若是去位于惠济路的市委党校影院抑或解放公园影院看电影，必会事先和子君一起去宿舍楼对面的一家副食店买一袋鱼皮花生米抑或五香花生米打牙祭。那几年，花生米喷香酥脆的滋味，是我们青春年少的日子里予人满足和温暖的一道光。

热干面，是充斥武汉街头巷尾的一味小吃。面馆里，案板上摆放着芝麻酱、花生酱，去端面时，老板会问，要芝麻酱还是花生酱？无论是哪一样，加进一碗干巴巴的面条里，香味立时弥散开来，我们的饥肠更加亢奋，我们的唾液分泌更加汹涌。

入冬后，我每天下班回家，都吃一块花生酥，这是办公室同事许文静的父亲亲手做的。她跟我描述做花生酥的过程：把炒熟剥去衣子的花生米，放进清洗干净的石头地凹里，拿槌子一下一下地煅花生米至细碎，盛出来，放进花生米，再煅，直至煅够做一回花生酥的量。如此这般，一回花生酥做完，整个人都累瘫了。她家的花生酥个头大，小方砖似的。香，让人吃了舍不得停下地香；甜，驹人地甜。我喜欢。只一块，虚空的胃囊一角便被充实地填上。

不过，花生好吃，也要适量。冬日风干物燥，花生性暖，吃多了易上火，让人的肠胃烟熏火燎，唇周火泡直冒。

我家炒菜的色拉油，也基本上使用花生压榨成的那款。花生味的喷香，一经走入各色菜蔬的心房，色香味的层次，便于无形中被一步一步地拔高。

花生，不仅好吃，还好看。卧在荚子里的花生，仿佛睡在褓褓中的婴儿，胖胖的萌娃，憨态可掬。很多饰品都被做成了花生的形状，比如钥匙坠、项链挂件，握在手里、挂在脖子上，自有一番韵味，自带一片光芒。

办喜事，少不了花生。宴席上，做冷盘，可以单做，油爆花生米、糖醋花生米；也可以拌进芫荽菜里，青翠碧绿的碟子里，光灿灿的花生米零星散落其间，仿佛枝叶间的累累硕果，又仿佛苍穹中的一颗颗明星，把我们的眼眸照亮。成功的人生，机遇不可或缺，花生亦如此。花生一生最浓墨重彩的一笔，当是走进喜赤赤的新房。烛光高照的暖意里，大红的被单上，红枣、花生、桂圆、莲子，四样寓意美好的物品簇拥在一起，便成了一幅尘世美好愿景图——早生贵子。人生从此展开新的篇章，那些有幸亲眼见证的花生，它们的一生也因此而功德圆满，了无遗憾了。

此物最相思

没来由地，时不时地就想吃上一碗红豆，不是在家，而是在大街小巷里。我们平常吃的红豆，在生活中也叫赤豆。呵气成冰的寒冬，来一碗热气腾腾的赤豆酒酿；烈日炎炎的盛夏，吃一杯冰镇的赤豆沙——尘世的幸福是这样微小，又是这般妙不可言。

红豆呈朱砂红，那份丰腴肥美的膏质感，吃时，是以席卷的姿态去包裹整个舌头的，犹如燥热时的一场及时雨，又如平静的海面上骤然而至的飓风，我们的舌头及至整个人都被控制了，陡然陷入一种酣畅淋漓、欲罢不能的境地里。

一只有些年头的砂锅，放在炭炉上，大块的冰糖，一点一点地消融后，红豆也就基本上酥烂了。红豆的浓香，冰糖的甜香，把灶间都填塞得满满当当的。而今，那样的味道，那样的场景，都留存在了我的心中，在岁月风烟的深处，积淀成了永远抹不去的乡愁。

芜湖是异乡。对于很多游子来说，芜湖是故乡。在一个视频里看到，一位身居京城的游子，想吃家乡芜湖的小笼汤包，就一脚踩下油门，飞奔一千多公里。在他久违的愿望得到满足时，有没有流下清泪两行？一顿饕餮后，他又一脚油门驰回京城。这一笼汤包的价格，可谓天价。这来回疾驰的两千多公里地，与其说是为了过把嘴瘾，不如说是略解了相思意——那一份说不清道不明的乡愁，是深深地刻进了骨子里的。他这一路豪奔，让我们看到了一个真性情的男人——对于一笼汤包的思念，他尚且如此地舍得花钱花力气，若是他思念一个人，我想象不到他会挥洒怎样的万丈豪情。

在这里，小笼汤包与小小红豆有了异曲同工之妙。

红豆系相思，源于王维的诗句——愿君多采撷，此物最相思。原本是表达朋友之间的深厚友谊的，不知道从什么时候起，被赋予了爱情之思，倒也与红豆玲珑唯美的外形相契合。

红豆亮相，基本上都是以庞大的体系阵容，它们须得千军万马地合力出击，方可奏响恢宏乐章——无论是单煮，还是与米、与莲子等一起熬。也有孤军奋战便自成一台好戏的，那就是被镶嵌进了戒指里，那般婉约，那样妩媚，一顾盼、一回首，都是欣喜和惊艳——人靠衣裳马靠鞍，红豆金银两相欢。

徐悲鸿曾拿与其相恋的学生孙多慈赠送的两粒小小红豆来做了一把大文章。那是在他们相识四年后，徐悲鸿带学生到天目山写生，孙多慈采摘红豆，赠两粒与他。十分珍爱的徐悲鸿，将红豆镶嵌进了两枚戒指，各执一枚，徐悲鸿终身佩戴，不曾离弃。徐悲鸿创作过的一幅油画《台城夜月》，画上的一男一女是他和她吗？可憾的是，他们之间的爱情没有能够修成正果，一来因为徐悲鸿原配夫人蒋碧薇使出的各种文武招数，二来因为孙多慈父亲的极力反对。红豆之思，终究成了红豆之痛。

与其说徐悲鸿是孙多慈的伯乐，不如说徐悲鸿是孙多慈爱至极致的爱人，因为深爱却不得，他们痛，我们也痛。闻悉徐悲鸿死讯时，孙多慈痛不欲生，此后戴重孝三年。若是有缘，有情人一定不会错过吗？他们有缘，到底情深缘浅，相遇了、相爱了，却终究还是错过了。

借以表达相思之情的媒介之物红豆，被赋予一颗滚烫的心，被糅进浓郁的激情和温度，这时候的红豆，不再是单纯意义上的红豆，它成了天使的化身，成了丘比特之箭，一下子射中有情人的心房，让人欲死欲生。

睹物思人，小小的红豆竟然可以肩负大使命。

有些人是不能忘记的，有些爱和痛是无法消弭的。雪小禅说，我以为终有一天，我会彻底将爱情忘记，将你忘记，可是，忽然有一天，我听到了一首旧歌，我的眼泪就下来了，因为这首歌，我们一起听过。

彼此相思相爱的人，由仙境跌入凡尘，落实到一地鸡毛的日常生活里，光鲜日渐褪去，矛盾如压顶的乌云，排山倒海呼啸而来。尽管如此，我们也断然不会否认相思相爱的美好。

爱情，是脆弱易变的，任你有着怎样尊贵到高不可仰的身份。一介情种徐志摩和才貌双全的陆小曼，应该算得上珠联璧合的一对。在追求林徽因遭到果断拒绝后，徐志摩遇到了陆小曼——一道霞光一样的明媚鲜艳的女子，他们彼此吸引、彼此燃烧。但是他们的爱情，却遭遇了当时梁启超等一干风云人物的不看好。那又怎样？这丝毫没有影响他们的彼此相爱到义无反顾的结合。

在相爱相守的时候，他是执着无私的，他努力地奉献着自己的激情和辛勤。无奈的是，他们也未能免俗，在进入了实质性的柴米油盐的俗世生活后，他们之间也是狼烟四起。但是，徐志摩没有熄灭自己的激情，没有放弃自己的努力，他奋斗，他打拼，为的是自己如日中天的事业，也是为了供她日常各项奢侈消费。在自己的父母双亲面前，他爱惜她、呵护她，生怕她遭受一点难以言说的委屈。我们姑且不论陆小曼的是是非非，也不论徐志摩聪明反被聪明误的缠绵多情，客观地评价徐志摩——他算得上一个真性情敢爱敢恨敢担当的男人，这样的男人是可敬的。

爱情如红豆，前仆后继，生生不息——才一批勇士倒下去，又一批勇士冲上去，风雨无阻，蔚为壮观。

蔚为壮观的，当然不是红豆，而是红豆里隐藏的爱情。

红豆之思，是乡情之思，是友情之思，是爱情之思。

栀子花开

写花花草草已有不少，但是，到了栀子花这里，就胆怯地绕过去了，仿佛情窦初开的一个人，明明喜欢对方，吃饭时眼前是她，做事时心里是她，睡觉时梦里还是她，等到见了面，却是脸一红，不敢跟她说话，任由胸口那里像揣着只兔子，突突突地跳得人心慌意乱。这是一种尊重之心，很纠结，很缠人，一丝丝的苦，也有一丝丝的甜。不敢说话，是怕自己的口才不够好，是怕表情达意不能到位，而莽撞地把那份沉甸甸的尊重破坏了——人心大抵如此，越是尊重，越是小心翼翼恪守分寸。

七岁读小学。我所在的根队小学，没有校园，只是一排房子，其实也就两大间，只开设了一二年级，到了三年级就得去吴桥街上学。教室内设施简陋，课桌不够，就拿青砖垒起一些课桌来代替。其他季节还好，到了冬天，人趴在上面，是冰的，怎么都焐不热。但是，年少的我们不怕冷，不是说，小家伙屁股三把火嘛。在我快上三年级时，小学扩建了，一到五年级都可以在根队小学读书，而不必跑到几里路远的吴桥街。教室外面一大片开阔的场地，那才是真正的校园。校园里栽植了很多栀子树，每到栀子花开的时节，那香芬便远远地飘过来，飘进我们的教室，飘进我们的每一次深呼吸里。校园门前一条长长的沟渠，很深，在我的记忆里，沟渠里的水，终年不涸，四季流淌。课间，我们快速冲出去，去沟渠里认认真真地洗手，然后再回到校园，摘两朵栀子花，一朵揣进口袋里，一朵放进书包里，彼时的内心，充实而丰盈，只这两朵栀子花，于我们，便仿佛拥有了世间所有的快慰和欣悦。

而今，人过中年，相比贫寒的童年时代，我们所拥有的多了很多，但是，那种快慰和欣悦的感觉，却是越来越稀罕了。

那天，我正在把买来的几朵栀子花摆进装好水的小杯里，杨少先大姐打电话过来，我们聊着聊着就聊到了我曾经说过的一句话："有些人，有些事，过了此刻，就是隔世。"她说，这句话，沉甸甸的厚重，简直就是一篇小说的分量。这话有些夸张，但是，我知道，我的作品，我说出来的很多话，与我年龄不大匹配的心态，她懂。前两年，我把这句话贴在了QQ空间里，不少QQ好友跟了帖，还有人转载了，大家的理解各不相同。关于其中的深意，我没有做过任何解释。有些人的理解是，表达亲人突然离去的隔世之痛。世事人心多变，翻手为云、覆手成雨，意外和死亡，只不过无常之一种。我更深层的表达是：那些事或许还在，那些人一直都在，彼此还有机会相见，或者，抬头不见低头见。但是，情境再不复当初，你永远只是你，我永远只是我，见了面，不会再多啰唆，点个头，一笑而过。

根队小学紧邻大队书记周理家，他老婆名叫香云，我叫她小娘。过年前好多天，家家户户便提前约请她到家里做过年的衣裳。她有两个儿子，大儿子周文，小儿子周武。周武患有先天性心脏病，一年到头嘴唇都是紫的，这是小娘的心病。偶尔看见她跟母亲说起这孩子，就会暗自垂泪，但平日里，她脸上总是挂着浅浅的笑容。一头齐耳短发的她，在年少时我的眼里，别有一番韵致，我喜欢她。她家门前种了好多棵栀子树，每到栀子花开的时节，我放学路过她家门前，只要被她看见，她必会摘一捧放进我的衣兜里。在年少时我的眼里心里，小娘仿佛一朵栀子花，温婉、纯净、善良、好看。

栀子花开了，中院村不仅空气是香的，姑娘和妇女们身上都是香的。每天早晨，梳洗一新的她们，必会摘下一朵含苞欲放的栀子花插在鬓边，小娘如是，母亲也如是。

每个人的内心都深藏着一个故乡，故乡的名称各不相同，故乡的风物各不相同，但是有一点是相同的，那就是即便我们走到海角天涯，那头的故乡永远保持着与我们梦魂相牵的容颜，如同根队小学校园里的栀子花，如同小娘家门口的栀子花，它们一直绽放在我的心里，永不凋谢。故乡的人一代一代地离开，故乡的模样一天一天地改变，永远不变的，是流淌在我们血液里的永恒不变的乡情和温暖。

若要为栀子花开确定一个时间节点，那么，可以这样表达：栀子花从端午前一月开到端午后一月，时间跨度两个月。栀子花开时，也就到了一年一度的毕业季。从小学，到中学，到中专，诸般场景，依然历历在目，就像那首歌曲里唱的：栀子花开呀开 / 栀子花开呀开 / 像晶莹的浪花 / 盛开在我的心海 / 栀子花开呀开 / 栀子花开呀开 / 是淡淡的青春 / 纯纯的爱……同学一场，未来的日子里，大家就要奔赴前程，从此天各一方。时光荏苒，过去的情谊和友爱，一直都在，纯真、暖人。那时节，我们心底里无法抑制地涌起丝丝缕缕的忧伤；那时节，空气里飘荡着栀子花的馥郁馨香……

端午就要来临，栀子花正在盛大开放。不是我乱用词语，栀子花的开放，确乎是盛大隆重的，甚至有些轰轰烈烈的意思，因为它的洁白如玉，因为它的香飘千万里。栀子花卷成花苞的样子，更有一番矜持含蓄的美，一片一片的花瓣，以旋转的姿态，紧紧地相拥在一起，呈现出别具一格的艺术造型，青里泛白，白里泛青。

比之于栀子界袖珍美人的雀舌栀子，我更喜欢大花栀子，层层叠叠，雍容华贵，却又不失温和冲淡。它可以登临高处，也可以身处民间，它可以居庙堂之高，也可以处江湖之远——是温润如玉的谦谦君子，是气质高雅的脱俗女子，是质朴无华的善良村姑，是勤劳创业的远方游子，是世间那些相处时予人舒适惬意感的所有美好的人们。

栀子花很美，它不妖娆，那美，却胜过妖娆千万倍；它是清洁的，那清洁，天然雕饰，与生俱来。

寒香蕊

　　桂花呼呼啦啦地突然就开了，一簇一簇的，金黄、淡黄、乳白、橙红，碎米粒一般，簇拥在枝头。我们这里多的是金桂银桂，却少丹桂。

　　阳光从天空洒下来时，桂花的香芬更浓郁了；细雨从天空中飘下来时，桂花的香芬更浓郁了；微风从看不见的地方吹过来时，桂花的香芬更浓郁了……原来桂花竟有着这样的伶俐和聪敏，如此懂得借势地让自己变得更美更好。也因了秋的寒凉之意，桂花的香气透出几分清冽逼人，把人往节气的深处吸引。

　　金秋一到，整个城池都沦陷于飘逸却又醇厚的桂花香芬里。生活的美好就在于，时光如流，日月如梭，却总有应时必至的各种美好在前方守候着我们：春花、秋月、夏风、冬雪，哪一样都是值得我们以一生的喜悦之情去期盼、去欣赏、去收获、去珍藏的。

　　那天从无为回程时，小飘姐取出包里的一截短短的枝丫，一阵馨香扑过来。她把枝丫上的桂花一点一点地拈下来，我正好奇她将怎样处置它们，却见她不言不语地把它们悉数放进了她的衬衣口袋里。桂花是清洁的，你不用担心它会像其他花朵一样，倘若不小心被浓稠的汁液染了衣裳，再也洗不掉。桂花不会，它只会拿香气缭绕你、浸染你，却绝不会给你增添一丝一毫的麻烦和闹心。

是寒露前夕，下班后，看见两位妇女手上各拎一只袋子在小区里摘桂花——也不是摘，她们并不掐断枝丫，只是把碎米粒一般的桂花一点一点地捏进袋子里。我走到近前看见已经有小半袋了，我疑惑着她们大约是摆小吃摊点的，摊点上的各色小吃里一定少不了桂花酒酿。受到无声的诱惑，我匆匆地赶回家里拿上一只银色的小盆，也走到那片桂树林里，像她们一样地把碎米粒一般的桂花一点一点地捏进盆子里，落雪似的，一层一层又一层，没有多长时间，就蓬蓬松松地覆盖了整个盆底，再低头瞥一眼，已经有了小半盆了。不能太贪婪了，赶紧离开。那两位妇女还在专心致志地采摘着，大约真的是卖桂花酒酿的了。

送回家后，我风风火火地赶去超市。我的购物篮里有点寒酸，仅有一瓶蜂蜜。但是，就是这瓶蜂蜜还是被人留意到了，付款时，我听见紧跟在我身后的一位年轻女子对她小小的孩子说：哪天妈妈也去采些桂花来做蜜渍桂花给你吃，好不好？一股暖意漾上心头，寒瘦的桂花竟是如此深入人心啊。

长在枝头上的桂花，与各色鲜花相比，如果用朴素来形容，似乎都有了抬举之嫌。但是，一旦落实到烟火味的锅碗瓢盆里，却立刻波光潋滟、明媚照人起来。酒酿水子是我之所爱，若是在煮熟盛进碗里后，再舀一勺糖渍或者蜜渍桂花进去，那就不仅是好吃，还是好看的了。桂花做成的美食其实有很多，譬如，糯米桂花藕、桂花紫薯糯米饭、桂花粥、桂花酥、桂花糕、枸杞桂花茶……

下元宵，或者酒酿水子，舀一勺桂花放进去，那香就不仅仅是甜香了，还有了桂花的芳香，馥郁、醇厚。早些年，时常与三两朋友于大街上闲逛，逛累了逛饿了，看到各色小吃摊点便一屁股坐过去。二街、双桐巷、花园街、福禄商城，经营酒酿水子的推车，或者夹杂于小吃摊群里，或者于街头巷尾静默独立，小吃摊点的老板娘们，清一色地手脚麻利。尤喜严寒的冬天，只消片刻的工夫，一碗热气腾腾的酒酿水子端上来之前，老板娘肯定忘不了往里面加一勺糖渍桂花，被寒气逼透的我立时被包围进"烟笼寒水月笼沙"的恍惚与诗意里。发酵成酒酿的糯米随着调羹的搅动，飘忽不定，像极了跌宕起伏的人生；水子粒粒饱满，含于嘴里，慢慢咀嚼，甜而不腻；妙极的是散落于瓷碗里的桂花，清香袅袅，便是沉睡中的味蕾，也能够在刹那之间被唤醒。

后来，逛街的频率渐渐地稀少下去，但对于桂花酒酿的热爱，却不曾淡过。隔些日子，便赶往曾经的红墙院里，做了几十年桂花酒酿的老奶奶，她的背已经不可遏制地佝偻下去，却依然精神抖擞。我每次去时，她都在七事八事地忙活着，或者择菜，或者洗衣，或者在她的两间房子里来回穿梭着。见了我，未等开口，老人家便洗净手，揭开赭红色瓦缸上的玻璃盖板，拿长柄的大汤勺舀两斤桂花酒酿、加上一袋水子递给我。沉甸甸的美味，才十来块钱，我一边接过来，一边说声："谢谢！"老人家总是回："谢谢你哦，照顾我生意。"

光阴荏苒，呼啸而过，多少的人和事，仿佛只是一打盹的工夫，便离我们远去，再回首时，让人生出隔世的恍惚和感叹。好在，还有尘世间的各色美食，还有被我们精心收藏起来的桂花，日复一日地滋养着我们，很多年，很多年。

其实，桂花是谈不上什么姿色的，是那种丢在人群里立刻就会被淹没掉的女子，每天都是忙忙碌碌的，生怕辜负了上苍赐予的大把大把的时间，走路时紧赶慢赶的，哪怕坐下来歇息时脑子里也在努力地思索着如何将后面件件桩桩的事处理得更妥帖更周正。没有人在意她，她也不介意别人对于自己的在不在意，她的外在平静无波，她的内心却憋着一股无形的劲头，不是想跟什么人争，也不是想在什么事上争，她只是在尽力地做最好的自己。

酒香无惧巷子深，花香不怕形貌寒。在描写桂花的诗词中，最传神的莫过于这一首："人间尘外，一种寒香蕊。疑是月娥天上醉，戏把黄云按碎。"

独占三秋压众芳。这样的褒扬，于桂花来说，是足以慰藉平生的吧。

与竹书

已然记不清是哪一年的春天，阳光大姐送我一棵竹笋，说是无为的黄平送的。那样巨大的竹笋，在菜场是颇为罕见的，我拿它做了好几盘菜，每次吃时，都忍不住地感念一回，是怎样的土地，方能够滋养出这般硕大又鲜嫩美味的竹笋。这次采风见到那位赠我们以饕餮享受的朋友，原想问问他，当年送我们的竹笋产于哪里，是寨基山的，还是三公山的？话到嘴边，还是没有说出口。

一天的时光，有时候恍恍惚惚地就过去了，到了夜晚躺在床上，着实有些空虚懊恼；有时候，珍惜起来，从早到晚地忙活着，上了班买了菜做了饭逛了街抹了灰拖了地看了书还写了一点东西，每一段时光都有了沉甸甸的质感，就如这漫山的翠竹，每一节都闪烁着仿佛可以触摸到的珠圆玉润的光芒，视线禁不住地向上移了又移，直到被竹林间漏下来的阳光把眼睛都晃得晕了花了。

说到竹，那是让我们备感亲切的常见物什。竹排、竹席、竹椅、竹笔、竹筷、竹筒、竹箫、竹砧、竹筐、竹扁担……竹可作大器之材，亦可作适用小件。从古到今，竹与我们的生活始终有着千丝万缕不可割舍的紧密联系。

长衫垂膝的男子，云鬓美髻的女子，立于案前，于竹片制成的竹简上写字，其情其景之美，自然是不用我多说什么的了。那些古老的书籍，哗哗有声，在历史的长河里，它们对于华夏五千年文明的巨大贡献，让我们的视线穿越滚滚红尘时，心潮澎湃地滋生出无限的激情和感动。

竹是养人的，不仅仅在于它赋予我们的丰富的生活日常用途里。单说一根竹制的扁担，随着它的弹跳起落，那般轻盈的跳荡感，会神奇地使千斤重担变得不再那么压抑和沉重。别跟我探讨什么力学，我只想表达，极富弹性的竹质扁担和我们肩膀之间形成的无声默契，会于不知不觉中带给我们百般抚慰和体贴。不信吗？那你换根钢筋扁担试试。

竹匠在制作竹器时，最懂得把握竹的性情。竹床的转弯处，稻箩的拐角里，竹以及由竹削薄的篾们，在匠人的手中，几乎有着伯乐与千里马的性灵相通以及共赴成功的坚毅决心了。

寒露就在眼前，秋虫入了床下，也入了深山。在趋暖的光影竹色里，还有那些不甘寂寞的秋虫，忍不住地出来打探消息，它们幽微的鸣叫，不再是高声大嗓的，而有了一些缠绵的意韵。

今年的新竹已然穿入云霄，黑色的笋衣对于曾经被它们呵护关怀的竹笋，长情依依，舍不得放手，仿佛慈母一般，还在紧紧搂抱着竹根。这是笋衣的慈母之心，是长成之后的竹之魅力，也是竹独有气质之一种。

风在风中，竹在风中，竹在竹中，我们在竹中。每一样物事，与我们每一个人都有着捉摸不透的缘分，哪怕是购买一件衣裳一只包包一双鞋子一个饰品，譬如，我正好想与竹说说话时，恰恰有了这样好的采风机会。尘世的繁杂和喧嚣被远远地抛在了脑后，天地之间，只有翠绿、洁净和澄明。

之前，我不曾见过翠竹满满地占据整座山峰的宏阔气势。曾经，我一直以为，以竹的性情之清逸，一马平川的土地才是它们最好的安身之所。及至到了这里，看到生于寨基山、三公山的翠竹，全然颠覆了我之前的想当然。这里的竹当是有福的，因为大山的烘托，它们于清逸之中透出了些许的雄伟；而巍巍山体，因为有了万竿翠竹的点缀和渲染，于巍峨之中洋溢出几分道骨和仙气。

"宁可食无肉，不可居无竹。"这是一生旷达的苏东坡的万丈豪情挥洒处。苏东坡种竹，郑板桥画竹，魏晋七贤于竹下纵论大事国事天下事。竹很平常，竹又很高蹈。在描写植物四君子的竹之所有篇章中，我最欣赏的莫过于这句话——未出土时先有节，到凌云处仍虚心。这样的节烈坦荡，这样的虚怀若谷。被凡尘俗事浸染的我们，若是常常走近竹，是会得到一些无声的感化和提点的。竹活在物质世界里，其实，竹更多地活在精神世界里，这有我们人类的成全，也有竹自身的脱俗超然之功。

"独坐幽篁里，弹琴复长啸。深林人不知，明月来相照。"我们年少时学习过的这首诗，当时并不觉得有什么特别之处。如今，人过中年，再反复吟咏时，竟生出别有洞天的万般感怀。清幽逸远的万竿翠竹，心境和宁澄明的大诗人王维，他们于天地间，共同呼吸，无声对话，那样物我两忘又惺惺相惜的境地，非修养高妙之人，无以抵达。

宜烟宜雨又宜风。说的也是竹，其实，这是一句很客观很平实的话，却又分明地呈现出万千气象。

身在漫山竹林间，我们无语，唯有默然仰望。松涛阵阵，是一种天籁之音；竹海招招，是另一种天籁之音。立于寨基山顶，庐江就在眼前；翻过三公山，那边就是我的枞阳老家了。

岁月静好，竹韵绵长。有一种修为，叫清风竹骨；有一种高度，叫直入云天；有一种美好，叫噤声忘言；有一种大气，叫寨基、三公二山之竹……

世有菊花

对于植物四君子之一的菊，一直心怀敬意。人一旦对某人某物心存敬意，便不敢贸然地去叨扰。

想写菊花由来已久，久到连自己都已经记不住源头，仿佛年少时的一桩心事，原本是掐着指头千方百计地想去实现的，结果，不知道在怎样的日子里居然就忘记了，这一忘记便是好些年。蓦然记起时，心境早不复当初，滋味亦不复当初。

多年过去，那部影片里的菊花盛宴犹在眼前。一场政变不可避免地拉开帷幕，重阳夜宴，一朵朵手工绣制的菊花盛开在皇城内外，壮丽如银河飞虹，灿烂如满天星辰。满城尽带黄金甲，一场权谋转瞬已成空，徒让人心酸伤痛。周杰伦低沉沧桑的歌声适时响起，忧伤唯美得让人折腰："菊花残／满地伤／你的笑容已泛黄／花落人断肠／我心事静静淌……"那场宫廷哗变尘埃落定，那首《菊花台》还在尘世间无尽流传，那些灿烂的菊花还在尘世间竞相绽放——在深冬的庭院，在深冬的原野。

到了肃杀的冬日，仍在泼天泼地地盛开着的，好像只有菊花了。那年冬天在异地爬山，山顶有一座寺庙，让人惊艳的是寺前的空地上，遍植各种树木花草，形态各异的无数菊花，争气斗狠地绽放着，汪洋恣肆，一派无法以语言去描摹的绚烂。

　　每每读到好的句子，总是努力记下，并探究其中深意。"为爱南山青翠色，东篱别染一枝花。"这里的东篱之花，便是菊花。非得把它染成翠绿色吗？菊花原本便有绿色的。可见文人笔墨之呈现，有时不可依而笃信之，那里兴许隐藏了什么曲笔，抑或是只可意会不能言传的含义，或者还有诸如"不可说，一说便是错"的伤情别意。找到关于这句话的解释，总感觉那解释有些怪怪的，似乎并不是清朝那位大家闺秀所要表达的本意。以我之揣测，她那别染一枝花的举动，是为了呼应什么，或者说，她是心有所想才笔有所动，为她的所想、为她的那份羞于示人的倾慕，她在精心地做一点事，内心很是卑微，仿佛张爱玲所说的："见了他，她变得很低很低，从尘埃里开出花来。"

　　有朋友说，赏菊，还是随意散漫的好，把它们规整地置于盆盆钵钵里，不合它们的浪漫本性，也极大地损伤了其大方质朴的自然美。我却以为，凡事都不可以说得那么绝对，早些年金秋时光，芜湖一年一度的菊花节那叫一个盛大，远远近近的人们都来了。原本就美丽得让人沉醉的镜湖，因了如山如海的人群，因了汪洋恣肆的菊花，更平添了不同于往日的生机勃勃、盎然向上、富于仪式感的大美。大钵、大盆、大缸，多姿多彩的菊花被各种造型的奢华器皿隆重盛载着，互为依存，又互相提升。若论菊之华美，那种如气质优雅、容颜端丽的女子一头波浪长发般的菊为上乘，各种色彩的它们被洋洋大观地陈列于一处，与女子选美大赛相比，应该更有看头。

　　"孤标傲世偕谁隐，一样花开为底迟。"清高孤傲的黛玉，是说菊，亦是说己；是叹菊，亦是叹己。楼下人家的院子里，不仅有各色菜蔬，还有菊花，那些菊花很寒瘦的样子，风一吹，颤颤地摇动。冬天的风，即便是悠然的，其力道都是强劲的，总担心菊花经不住寒风的摧残，却日复一日还是鲜活欢快的样子。这般寒瘦的菊花，在凛冽的寒冬，亦是有着别一番暖人心扉的美好。黛玉若是菊花，她应该属于寒瘦的类型吧。

所有的草木都有值得我们人类学习的地方，到了菊这里，则更胜一筹。菊不与春花争奇斗艳，不与夏花争气斗狠，它凭着自己的坚强和意志，在凛冽的霜冷雪寒里，把根深深地扎进土壤里，把叶长得厚实滋润，把花开得风姿沛然。它们通达地明白，无言、实干，才臻高境。这里不得不说一下一类人，话多，还多得不靠谱，一旦对某人有了意见，便连带着否定其人的一切，殊不知，如此这般，诋毁掉的根本不是别人的优点和长处，而恰恰是自己的心胸和人格。那些擅长诋毁别人的人，多数是谈不上档次和能耐的，更别说什么眼界和胸怀了。所有的言行，长此以往便会成为习惯。有人喜欢盲目地夸大其词，有人喜欢胡乱地承诺许愿。这般行为的坏处是，别人一次以为是真，二次将信将疑，三次已生鄙视，此后，你所有的话语即便是真的都会被认为是假的了。有人在世上摸爬滚打了好几十年，都不知道诚实的重要性，不明白根基的重要性，所谓朽木不可雕，这也是一种。

"纵有华容千美貌，尚能市井满庭芳。"我以为，这是写菊的最好的句子。犹如一个人，纵然外有龙姿凤质，纵然胸有千丘万壑，却依然能够俯下身子，以谦逊的一面躬行于世。譬如陶渊明，其宁和淡泊的情操雅量，于诗句"采菊东篱下，悠然见南山"中已经呈现分明；又譬如菊花，干制了，拿来泡水喝，可以散风清热、明目解毒，倘若再捏一小撮枸杞进去，则于色、于味、于功效上又有了一定程度的提升。

玉兰

　　春潮澎湃，百花齐放，我以为是从玉兰这里开始的。或许，初春，也有其他性急的花儿已然默默地开放了起来，但是，哪一样都比不上玉兰花惹眼——不用成双成对，不用呼朋引伴，只是自己，便独成一处好风景。

　　每一个人都有自己独特的气质，草木亦然。且不论玉兰的外在形貌，只其内在气质，便已是卓尔不群。

　　草木的表达，靠着它们的返青成长开花结果，还有它们的叶落归根、化作春泥更护花。我所欣赏的是，深冬光秃秃的玉兰，依然不失一份矜持和隽永的骄傲。外在的沉默，并没有阻挡住它内在的坚持和努力的修炼与成长。这时节，它是隐者，有一种力量在我们看不见的地方慢慢蓄积，无数的花苞正在一个个枝节上悄悄地酝酿。

　　玉兰打苞的样子，自有一段风流，那是一种女性所独有的极为纯粹的妩媚婉转——是歌曲唱到高音区，并不急着一口气扬上去，而是渐渐地荡漾开来，有了回环；是被风吹皱的湖面，颤颤悠悠的；是杨丽萍在跳孔雀舞，袅袅婷婷的；是擦黑的天空中，星星们齐齐点亮了灯火，周遭刹那间明媚撩人。

那些花苞，一粒一粒的，一天大似一天，雨水一过，仿佛被触碰到了机关，又似被点燃的烟花炮竹，噼里啪啦，齐刷刷地全开了。

玉兰是一种善于表达的草木之一，尤其在阳春三月的时候，在没有一片叶子的枝头，一树的花朵，绽放得襟怀坦荡，一盏盏明灯似的，或是圣洁莹润的白，或是华丽高贵的紫。

若说登对，初春时节的玉兰树与它自己的花朵是登对的，盛夏时节的玉兰树与它自己的片片绿叶是登对的，深秋寒冬时节光秃秃的玉兰树与鸟群是登对的；若说玉兰花的美，含苞待放的时候，半开半合的时候，华丽盛开的时候，那份蓬勃昂扬的饱满丰盈，那丝丝缕缕地从花蕊里飘扬出来的芬芳，无一处不是至美。即便凋落，玉兰都是那么与众不同。以我的观察，它们并不是同时谢幕的；即便是谢幕，它们都富有翩然的仪式感，是训练有素的集体舞演员们，先撤下去一半，再撤下去一半，再撤下去一半，坚守到最后的、头天还绽放在枝头的玉兰花倏忽不见了——让人疑惑着，是不是黛玉荷锄葬进了花冢里。

深秋时节，我的窗前，玉兰树渐渐地干枯了下去，叶片纷纷坠落，从青丝到白头，从饱满到枯竭。我相信，叶落也是玉兰的一种表达方式，就像说话行动不太利落的老人，他们的表达，多数时候，是颤抖的双手、双腿乃至整个身体。其实，在深冬，光秃秃的玉兰树，也是好看的风景，至少，我喜欢，还有鸟儿们也喜欢。白日里，我站在窗前，看见成群的鸟儿飞过来歇脚时，一定会选择秃了枝丫的玉兰树，而不是青枝绿叶的那些树们。于是，很自然地，鸟儿们成了玉兰树的花朵，黑色的、灰色的、褐色的，比起色彩艳丽的花朵来，更显得格外大气好看。也就是这些鸟儿们充满生机的灵性表达，把玉兰树那或许已经有些失落的心态一把挽救了起来。原来，鸟儿是玉兰树最好的朋友呀，发现这点时，我的内心充满了感动和感恩，替玉兰。

喜欢观赏鸟儿们簇拥在山寒水瘦的玉兰树枝丫上的盛景，这时候的玉兰树，慈眉善目的老人似的，儿孙绕膝，福寿双馨，让人艳羡得紧。

天还没亮呢，鸟儿们就唧唧咕咕地开始说话了。虽然听不懂鸟语，但是，这全然不影响我的喜听爱听。卧室的窗台上，隔些天就会积一些枯草，我知道那是鸟儿们在飞往玉兰树上戏耍时顺便衔过来的，其实根本做不了窝，可它们愿意如此地乐此不疲，我也在心底里暗自欣喜。

喜欢三毛的那首诗："如果有来生，要做一棵树，站成永恒，没有悲欢的姿势。一半在尘土里安详，一半在风里飞扬。"其实，树的很多地方，我们人没法比，不说别的，单单是它们的一季枯萎很快便能迎来下一季的繁荣，我们也只有悄悄羡慕的份。当然，我羡慕至极的，是绽放在玉兰枝端的——大气、典丽、芬芳，且堪当美味的花朵们。

"我见青山多妩媚，料青山、见我应如是。"辛公句子里的字，柳如是拿来做了自己的名字，她的自信，由此可见一斑。也是因为，她的相貌才情，与这首词匹配得恰恰好。

谦谦君子，温润如玉。玉兰把花开得软玉一般温文尔雅、满目芳华，与柳如是之取名有着异曲同工之妙——因为，它深知，自己配得上。

紫薇

　　入秋已近一月，小城里好些个地方的紫薇花依然抢眼。白色、粉色、玫红、紫色，紫薇花立于枝丫的姿态，和合欢一样，都是把自己开成一簇一簇的，在树枝的顶端，一阵风过，仿佛冷不丁地受了惊，微微地颤抖；又仿佛被呵了痒似的，吃吃地笑。那笑，很节制，带着些娇羞，带着些风情，直往人心坎里钻。

　　每每见到紫薇花，便想起母亲常说的那句话："哄死人不偿命。"紫薇花的机锋，不显山不露水，它的柔、它的弱，它的娇羞、它的风情，是它智慧的体现，也是它智慧的明证。

　　紫薇一经抚弄，整株树就会从上到下摇摆起来，也因此，世人皆以为紫薇怕痒，故又称它"痒痒树"。清代词人李渔对此持这般说法："人谓树之怕痒者，只有紫薇一种，余则不然。予曰：草木同性，但观此树性痒，即知无草无木不知痛痒，但紫薇能动，他树不能动耳。"我比较认同李渔的观点。尘世间，所有的生命都有它的内在机理以及对于大自然的体悟和感知，也因此，它们才懂得随着节气的变化，发芽、生长、开花、结实，它们懂得休养生息，它们遵从着该枯时枯该荣时荣的自然规律。虽然，它们只是一株树，但是，它们和所有有血有肉的生灵一样，值得我们悉心爱护，值得我们敬畏和尊重。

"盛夏绿遮眼，此花红满堂。"说的是夏日里，茂密的树丛间，紫薇花的独树一帜。其实，就紫薇本身来说，它的叶片也是相当的蓬勃美丽，绿是深绿，有油画一般的润泽、翡翠一般的光亮。其叶和花，很是有趣，虽在同一棵树上，却花是花、叶是叶，各自成阵，独领芳菲。叶从枝丫上密密匝匝地一路铺排上去，那阵势，简直是千军万马齐相聚；到了枝丫的末端，花们呼呼生风地绽放开来，燃放烟花似的，明媚艳丽，光彩夺目……

紫薇花开放时，夏日到来；紫薇花凋谢时，秋已行至深处。这般孜孜不倦的绽放，这般长达数月、几乎可以匹敌所有树种的花期，让我们日复一日地观赏享受之余，内心填满了珍惜和感恩。

到底是秋意渐浓，好些处的紫薇花凋落下去，果子串串挂上来。那果子小栗子般大，有青色的，显得生涩；有红褐色的，显得成熟。有时候，沿路看到一些鸟儿停在枝头，对着一树的果子发呆，仿佛在暗自揣摩——能不能吃呢？

有人说紫薇树无皮，有人说紫薇树有皮。为此，我特意凑到近前细细观看。初看，感觉无皮；细看，是有皮的，浅灰抑或灰褐色，质地异常光滑洁净，怪不得迷惑了很多人。

紫薇的树干，颇为纤细，枝丫从主干上四面八方岔开去，相当的富有艺术造型和质感。那般优美的姿态，是足以让树身有底气游离于花叶之外的。当然，不能否认的是，有了花叶的点缀，自是锦上添花。

时常有人问我，为什么取"子薇"这样一个笔名，是否取意于《还珠格格》中的紫薇。多年前，《还珠格格》创下了电视剧收视率新高，小燕子成了"万人迷"。我欣赏内敛、沉静的女子，令赵薇一夜之间大红大紫的疯疯癫癫的小燕子，着实让我不太喜爱。我没有看过该剧，所以每每听到朋友同事大谈特谈该剧时，我只能呆头呆脑地翻白眼。我真的不知道剧中还有一个叫紫薇的美丽女子。

"子薇"于我的意义已有三十多年，那时我还在江城武汉读中专，一位女同学与我成天形影不离。我们那个时候好得的确非同一般，几乎不能容忍对方与其他同学有过多的情感交流，否则就会醋坛子打翻，甚至无事生非地争吵。就这样，一时恼了，一时又好了。为了纪念我们的友情，我们商量着取一个姐妹名，于是我呼大我两岁的她"子君"，并为自己取名"子薇"。这两个名字，是一瞬间从我脑海的沟回间蹦出来的，并没有费什么脑筋。当时觉得这两个名字很美，除了是个姐妹名外，它们于我们两姐妹并没有什么特别的含意。那段幼稚纯真的青葱岁月，每每想起，感念于心。

总有一些文朋师友说，看到一树一树的紫薇花，就会想到我。也是的，在文友圈里，我的本名已经被渐渐忽略抑或忘却，有时候，我会很多余地解释一下，此"子"非彼"紫"哦！

晚饭后，若是去公园走走，是一件让人心旷神怡的事。草木的香芬，在傍晚时分来得分外浓烈。每一棵树，都被标注了名称，遇上不认识的树种，我总会多看上两眼，以期下次在别处遇见时，不至于依旧茫然无知。但是，我可以保证，日复一日年复一年地呈现于我的眼眸、活跃于我的脑海里的紫薇树，纵是走到天南地北，我也是一眼便可以辨认分明的。

蔷薇处处开

行走时，若是闻到飘扬过来的草木香芬，我多半会停伫下来寻找香芬的来源和方位，然后急切地快步走过去，把花朵细细地看了又看，把香芬贪婪地闻了又闻。如此，似乎还不解馋，拿出手机，对着花儿，认真地拍摄起来。

那天，我站在蔷薇花丛边旁若无人地拍摄时，有声音传过来："离远点，上午才打过农药。"抬头望时，看见二楼阳台上站着一位面容慈祥的老太太，怕我没有听见她的话，把刚刚说过的又重复了一遍。对于老太太的善意提醒，我嘴里谢过，身子略略地移开了些，其实内心明了，经过一天的阳光照射清风吹拂，便是真的打过农药，想来也没有大碍了。

蔷薇的苏醒与多数草木一样，初春，叶芽慢慢地长出来，初始的绿很浅，像是未经历风吹雨打的孩子，稚嫩纤弱，怯生生的。过些时日，渐渐地老练了，那绿一点一点地深浓起来，无限春光枝枝蔓蔓地延伸开去，爬上墙头，爬上阳台，爬上窗棂，爬进人家。

蔷薇的性情，婉约、柔和，是那种一见面便自有三分亲切的邻家姐姐，其行事态度亦然。春意正浓的时候，一茬一茬万紫千红的花儿开了谢了，蔷薇只是默默地欣赏、静静地观看，百花谢幕的暮春时节，它适时地出来救场——紫色的、粉色的、黄色的、白色的，一朵接一朵，层层叠叠，蓬勃盎然。那样齐心协力地绽放，不仅仅是让人眼花缭乱，简直是让人心悦诚服、无限感动了。与同属蔷薇科的玫瑰、月季相比，土著的蔷薇，其型号要小一些，但是，那样密集的数量，那样深浓的色彩，呈现出来的，是声势浩大，是喜气盈天。

《红楼梦》里多次写到蔷薇，其中第三十回里描述了这样的情景：是时午后，赤日当空，树荫合地，满耳蝉声，静无人语。有一女子，眉蹙春山，眼颦秋水，面薄腰纤，袅袅婷婷。此女是龄官，她蹲在花叶茂盛的蔷薇花下，向土上画字，一笔一画一点一钩，写来写去，都是蔷薇花的"蔷"字，及至雨落下来，头上滴下水来，纱衣湿透了，却是全然不自知。她于蔷薇花下一遍一遍地写他的名字，她把自己对他的痴恋，深深地镌刻在落于土上的每一笔每一画里。那蔷薇里，是深藏着龄官的爱情的呀！

先后被多位歌星演唱过的经典老歌《蔷薇处处开》，也是从爱情的角度去诠释蔷薇的美好洁净的。

"蔷薇蔷薇处处开 / 春天是一个美的新娘 / 满地蔷薇是她的嫁妆 / 只要是谁有少年的心 / 就配做她的情郎……"这首歌，邓丽君也唱过，欢快美妙、婉转悠扬的旋律，每每聆听时，都会有汩汩暖流从心田里流过。可叹的是，蔷薇年年开，佳人不再来。

老家中院村的蔷薇，每到暮春，几乎铺天盖地。那时候，我是习以为常的，并没有觉出什么异样之处。及至近年关注各色草木时，方才惊异于它们强大到非同寻常的生命力，否则，它们何以能够见缝插针地遍地生长、开花？蔷薇的香芬，清新、甘甜；蔷薇的姿态，笑意盈盈，那笑，甜美、纯真、自然、亲切。那香、那笑，让人魂牵梦萦，无尽流连。

去年"五一"在常州东坡园，水边、桥上、墙头，处处有着蔷薇娇媚的姿容身影。人工培植出来的蔷薇，美则美矣，于我的内心，到底不是那种味儿，总觉得少了些什么，其实也是多了些什么。那少了的，是血浓于水的故乡的味道；那多了的，当是乡愁了。

蔷薇的架子搭得很长，我指的是花期，从暮春开到盛夏。那首读来让人齿颊生香的诗篇这样写："绿树阴浓夏日长，楼台倒影入池塘。水晶帘动微风起，满架蔷薇一院香。"在炎炎夏日里，蔷薇如此盛大地开放，自有一份无以言说的美丽和清凉，我们或站或坐于蔷薇下，该是多么静谧安好。

喜欢被余光中翻译而来的那句诗："心有猛虎，细嗅蔷薇。"每每念及，心下总会不由自主地怦然跳荡一下。彪悍，温婉；刚强，纤弱；阳刚，阴柔——两极的性情，于某一节点相遇时，是绿叶辉映红花，是明月照亮星辰，是"金风玉露一相逢，便胜却人间无数"。

窃以为，蔷薇最美的姿态，需要一堵墙的成全，那墙，半层楼的高度——太高了，难以抵达；太低了，又不成气候。高不成低不就，到了蔷薇和围墙这里，也是适用的哲理。是的，高不成低不就，不仅仅在姻缘、读书、购物、旅游，还有，物与物的匹配，景与景的协调，莫不如此。世间有一种美妙，叫恰恰好。恰恰好地——对眼，悦目，赏心，然后，互为提升，彼此成全。恰恰好，才是真的好。

安静宁和的夜晚，墙角的蔷薇嫣然绽放——叭，叭，叭，那声音，天籁一样美妙……

我棉我衣

栽种棉花，当是清明时节，雨淅淅沥沥地下，香椿发满枝头，荷叶在池塘里星星点点地冒出来，柳树扬花，绒绒白絮漫天飞舞。约莫两个月后的麦收时节，要给棉花追肥了，庄户人的汗水一滴摔成八瓣，把化肥拌进鸡粪里，在棉禾根下挖出一个一个的小坑，肥料被一点一点地填进去，再拿土覆上。棉花知恩图报，不辜负庄户人的辛劳汗水和殷切期望，得到充足养分的它们，借力雨水的滋润、阳光的照耀，疯了一样地生长。

春种，夏长，秋收，冬藏，棉花实诚地恪守着这个规律。初夏，枝叶葳蕤、绿意浓稠的棉花地里，白、黄、粉、紫色的花儿五彩缤纷，与不甘落后追着长的其他各色农作物相比，生机益然的棉花地，无疑是好看也是耐看的；过些日子，炽热的阳光下，艳丽芬芳的花儿次第落下去，棉桃在根根禾秆上次第挂起来；到了秋天，棉花的枝条不堪饱满丰实的棉桃的重负，把腰齐齐地弯了下去，一夜秋风紧，在我们渴盼的目光里，棉桃声势浩大地绽放开来。这次的绽放，不同于青春萌动时节的秾丽瑰艳，清一色的白，素朴端庄、清雅大方，棉花在不知不觉中成熟了——那是成竹在胸的淡定从容，那是籽实饱满的讷言敏行。如此的丰收景象，让人踏实心安，我们笑了，棉桃日复一日地笑得更加欢畅了。

当然，棉花生长的过程，并不让人省心省力，跟其他农作物一样，也是一分耕耘方有一分收获。育秧，移苗，间苗，锄草，施肥；还有那些节外生出的杈枝，得不断地修剪；盛夏时节，为防虫害，似火的骄阳下，庄户人身背压杆喷雾器往棉花地里喷洒农药，如果身体抵抗力下降或者防护措施不够到位，农药的毒性侵入人的身体里，那是足以把人给折腾得死去活来的。

摘棉花，是一项力气活，也是一项技术活，开摘前系一围兜于腰间。凡事熟能生巧，大人们双手齐下，摘得急且准，我跟在一旁一朵一朵小心谨慎地摘着，动作缓慢不说，棉桃里总会留下被拽得长长的"眼子毛"，手指还被坚硬的壳刺得千疮百孔。看花容易绣花难，到了摘棉花这里，也是同理。

夜晚，在堂间，我们全家总动员，把棉花摊放在簸箕里，一粒一粒地抠出里面的棉籽。作为种子的好棉籽，粒粒是宝，得把它们收藏保存好，那是来年棉花丰收的希望之所在。响晴的白日里，把云锦一样的棉花摊在门口铺开的席子以及簸箕上，吸足了阳光的棉花，一麻袋一麻袋地收拾好，是拿来做衣服，还是拿出去售卖，便是各家斟酌、各自定夺了。

夜深了，桌上的油灯散发出苍黄的光芒，母亲坐在纺车边，左手握着用事先弹好的棉花搓成的棉条，右手摇着纺车，那声音，吱吱扭扭的，我和弟弟就在这般有着沧桑古意的氛围里沉沉睡去。

那些年，我们身上穿的衬衣、床上铺的被单，几乎都是自家地里种的棉花加工出来的。衬衣并不染色，就是原始的本白，每次洗澡时换下来清洗干净，拿稀释的米汤浸透，拧干，晒出去，再穿上身时，便有了挺括的质感。经过同样程序处理的被单，把我们紧紧地包裹着，足以驱走冬夜的严寒，给予我们温暖热乎的安全感。

　　大约在我七岁时，村里进驻了工作组，他们的办公地以及居所与我家毗邻。张伯伯读高中的女儿节假日便会过来，让我叹为观止的是，她居然会裁剪衣裳，且一律手工缝制。若是涤纶、涤卡衣裤，她拿针线锁好边，垫一块干净的棉布上去，然后拿装上滚烫开水的瓷缸，在衣裤上一趟一趟来来回回地压过去，漂亮的衣缝便整齐地呈现出来了。那感觉，我一直不知道该怎样形容，年岁渐长，我终于明白，彼时令我心潮澎湃的感觉，是谓惊艳。那年月，涤纶、涤卡稀罕，棉布则比较大众化，及至后来，我才渐渐地体味到棉布卓尔不群的好——棉布价廉物美；拿棉布做衣裳，剪裁起来轻松顺手，缝制时省却了锁边那道工序，毛边直接包进去就好；换季收藏的纯棉衣被，洗净晒干叠齐摆放进衣柜里，来年拿出来可以直接穿用，省掉了其他布料要重新熨烫的麻烦；从裁剪到缝制到后期打理收藏，棉布与其他面料相比，让人省心省力，它以自己朴实无华的优良品质，尽己所能地减轻我们人类的体力消耗和负担。

　　到了冬天，母亲去吴桥街上扯回一些纯棉灯芯绒布料，那是为做我们全家过年的新鞋准备的。每年请裁缝回家为我们做新衣的棉布边角料，一丁点都没舍得扔掉，拿面糊一块一块一层一层地粘起来，也有簸箕那么大，晒上几个日头，照着各人的脚，一块一块地剪裁妥当，拿棉线一针一针地纳好千层底，绲上白棉布边，和灯芯绒鞋面的鞋帮绱在一起，一双暖和又养脚的纯棉布鞋就大功告成了。

　　"慈母手中线，游子身上衣。"那首感动了一代又一代游子的古诗里的"衣"，是棉衣，也或者，是棉布缝制的夹衣、单衣。现如今的面料花样品种繁多，但是对于纯棉面料制成的衣物，看着用着依然觉得特别亲切。这份亲切，是自幼年起就流淌在血液里的——情意深深，温暖一生。

合欢

　　"最爱朵朵团团，叶间枝上，曳曳因风动。"说的是当下正肆意绽放的合欢。如丝的花瓣，娇滴滴的粉红，旁边的叶片呈羽状，仿佛一个个英俊挺拔的美貌少年。合欢花知道自己生得美，是赵飞燕在跳掌中舞，凌空枝端，借着一缕风，便恨不得飞出去。觉得合欢该当盛开于春风春雨里，因为它的柔情似水，因为它的姿态缠绵。

　　石榴花开得汪洋恣肆，一朵一朵鲜红的花儿，点缀于翠绿的枝叶间，勾魂摄魄，韵味无穷。若是照着样子，印染一段丝质面料，做围巾、做纱裙，那种美艳，堪称曼妙绝伦、不可方物。"红配绿，丑得哭。"那是早已过时了的审美观。艳俗的抑或极度沉闷的色彩，若是你的气质肤色足以托得起，肯定会产生意想不到的感观效果。红与绿的搭配，艳俗色彩与高蹈气质的相逢，有时候，就是一场色与美的组合、灼人眼眸的狂欢。

　　合，欢，单个地看，平常的面孔，平常的意境，组合在一起，却演绎出了一场轰轰烈烈的倾城之恋——灰姑娘长睡醒来变成了白雪公主，身旁站着一个深情款款的白马王子，一个吻落下去，"叭"的一声，贴在眼睫上，如此温暖，如此香艳。

年少时，母亲将浸透的糯米用甑子蒸熟，晒干，是谓米坯子。过年前，将黑褐色的细沙从小瓦罐子里倒入旺火烧着的大铁锅里，竹条编成的炒粑，在铁锅里翻炒，直到细沙冒出灼人的热浪时，倒进米坯子，原先干瘦的米坯子，只消片刻，便争先恐后地变得白白胖胖。这时候的米坯子，被更换了名称，是谓冻米。由锅中盛出，放进细密的筛子里，筛掉细沙，倒进簸箕，冷却后，装入洋铁箱。想吃时，拿鸡汤或者糖水泡上，香脆可口，极为养人。

炒制冻米的过程中，细沙因为又一次经历了熊熊大火的锤炼，使原本的色泽复加深了一层，筋骨又强大了一点，更沾染上了米坯子身上浓郁得化不开的醇香；米坯子则因借得细沙身上均匀辐射过来的热力，脱胎换骨，摇身一变，成了如玉般光泽的美人。细沙与米坯子的合作，是否也可以叫作妙不可言的合欢？它们之间齐心合力，彼此辉映，共同提升。如此这般的合欢，便不仅仅是局限于情人间的香艳和缱绻缠绵，其境界博大了很多，是挚友，是哥们儿，是生死之交。

伴侣融进咖啡里，原本干巴苦涩的咖啡，视觉和口感上刹那间便有了让人荡气回肠的润泽馨香，犹如德芙巧克力的广告词，纵享丝滑。那般滋味——想说不爱你，真的不容易。

食物间的合欢，有很多。譬如，青椒黑木耳炒鱿鱼，大蒜炒胡萝卜丝，芦蒿炒咸肉丝，莴笋炒火腿肠……它们之间的搭配，成全的是色香味，是品质的锤炼和升华。

多数鱼肉荤腥，离不了醋。家常的做法，只要搁上足量的醋，不敢说有多么的美味，肯定不至于败味。青壳的海虾，与红壳的相比，肉质更显得丰厚鲜嫩。从菜场买回，倒进水池里，一个一个地掀去头盖骨，挤出虾黄，从尾部抽掉肠子，清洗干净；烧热的铁锅里倒入少许色拉油，丢进白胖的蒜子、老黄的姜片，倒进海虾和虾黄，翻炒片刻，倒醋，搁少许的盐、白砂糖，添加适量的白开水，大火烧开，调至中火，待汤汁收干，盛盘。所有的作料与海虾之间，也是一场酣畅淋漓的合欢。

晨曦初露，便有鸟儿亮开嗓子鸣唱起来。有一种鸟，其嗓音清亮水灵，仿佛擅长特技的美人，嘴里含着一口水，居然可以婉转柔媚地歌唱，珠圆玉润，如翡翠落盘。就如某些女子，你单独研看她的五官，并不出色，但是齐齐组合于她的面庞上，便呈现出别一般的风姿斐然，我们都已经走过去了，还禁不住地频频回首，嘴里忍不住地啧啧赞叹。如此这般，亦是巧取了合欢的精妙绝伦吧。

今日不知谁计会，春风春水一时来。彩云出岫，群星逐月，长河落日，大漠孤烟，风过桦林，雪覆旷野……极致的合欢之美，自有大自然的道道风景去填补、去成全。

第二辑　四季皆歌

——四季是一张隆重铺开的精美宣纸，宣纸上的春花秋月夏日冬雪，无一不有着令人惊心动魄、蚀骨销魂的温情和美艳。

春风杨柳

世上美好的相遇有多种，杨柳遇春光，是其中之一种。春风拂过，细小的叶芽从渐渐泛青的枝条上钻出来，待我们回过神时，柳树已是遍体新绿，醉人的清新让人无尽销魂。

柳树，最早出自《诗经》："昔我往矣，杨柳依依；今我来思，雨雪霏霏。"离家时，是春天，柳丝轻扬，妩媚妖娆；归来时，雨雪交加，寒意弥漫。或许，他经历了太多的困苦和艰难，但是，毕竟归来了，所有的风霜雨雪，都在团聚的温暖里，融化了、消散了。我看到了久违的笑容，那笑容，真切，洋溢着发自内心的欣慰和温暖。

无心插柳柳成荫。所有的成语，都有它言之凿凿的来头。插，让人明了，你剪一截柳枝，插进土里，它便活了。不仅活了，而且，一枝成一树，一树发数枝、发千条、发万条——万条垂下绿丝绦。犹记得，年少时，我总爱攀上柳树，折一根长长的柳枝，弯成一个圈，固定住，戴在头上，兴味盎然，无尽欣喜，仿佛自己成了一株蓬勃向上的树。

眉如柳叶，腰柔如柳。只这两处，似一幅素描，一个美人已经跃然纸上、如在眼前了。初春的杨柳，是飞翔的姿态，如自由的小鸟，如蓝天上的白云，如孩子毫无杂质的、明媚如春光的眼眸，无邪地打量着这个欣欣向荣的世界；初春的杨柳，是临水照花人，没有搔首弄姿的做作，一顾一盼一抬眉一回首之间，皆凝聚着真实自然的亲切和美好；初春的杨柳，是黛玉初见宝玉，少女怀春，少年多情，每一根柳丝、每一片叶芽里，都蕴含着涓涓溪流般的生命力，有些青涩，有些腼腆，或许，也有些惆怅和忧伤，即便如此，却无改总体向上的基调——有青春打底，有年少撑腰，多好，少年不识愁滋味啊。

有两年，我的住处距离一方湖泊很近，晚饭后便去走走。湖泊四周种满了垂柳，无数碧绿的枝条从高处悬挂下来，帘幕似的，一重又一重，鸟们在枝条间来回穿梭。垂柳落进湖里，湖里又自成另一个缤纷的世界。若是盛夏，日头落得迟，晚霞铺在枝叶间，铺在湖面上，铺在我的脸上身上，我围绕着湖泊一遍一遍地走，不舍离去。

周末去朋友家里吃饭，一碟碟一盘盘的，犹如明媚春光，犹如柳丝轻扬，所有的菜肴，都是那么明丽婉转，该扬眉时扬眉，该额首时额首。鱼肉荤腥的碟边盘边，摆放着一道道撩人食欲的景致，有西红柿做成的玫瑰，有黄瓜切成的细丝，有清洗干净的苦菊，如此，原本端方四正的菜肴们，便平添了几许风流。富含蛋白质的一桌子菜，因为有了千丝万缕或红或绿、娇艳欲滴的菜蔬的点缀，油腻的感觉于感观上被中和了大半，我们味蕾和胃口的积极性刹那间被充分地调动起来。美味与味蕾的抵死缠绵，仿佛于水边看柳，又仿佛把春光尽揽怀中。我们很贪婪，我们很满足。

从朋友家里出来，走在中央公园里，浓郁的春光春色携着温煦的阳光落在我们身上。隔着清凌凌的水渠，我看见一个秀丽的女孩坐在一把椅子上，手里捧着一本书。远远地，我看见有正在观赏春色的人，禁不住地停下来，拿镜头对着她按下去，一下又一下。

没有一种树像杨柳这样婀娜多姿的，虽然只是素雅的一树枝条，没有花的点缀，却比好些个缀满花朵的树们更好看耐看。在水边，于一株柳树下席地而坐，所有的春光，便在婆婆的绿意里，涉水而来。

　　春天若是没有柳树的衬托，定会失色不少。其实，哪一个季节，若是没有柳树的点缀，都会失色很多。初春的杨柳，娉娉袅袅十三余，豆蔻梢头二月初；盛夏的杨柳，美艳热情如少妇；到了秋天，那杨柳，虽是徐娘半老，却是风韵犹存；万物凋零的深冬，杨柳的叶片枯萎落尽，点点绿意蹒跚着离去，光秃秃的枝丫上，写满了寂寞和苍凉，尽管如此，其风骨尚在，你若是用心细细地品味观赏，会发出由衷的赞叹——看得出来，年轻的时候，那是个一等一的美人。

　　青梅如豆柳如眉，日长蝴蝶飞。青梅结子，形小如豆；柳叶舒展，状如黛眉；日子一天一天地长起来，气候一日暖似一日；蝴蝶翩然，纷纷起舞。时间飞快，说话时，已是暮春。

　　"春风杨柳万千条，六亿神州尽舜尧。"这是毛泽东的诗作，从寻常的景物描写，一下子飞升到了广阔高远的境地，自然而然，圆融宛转，常人不能为之。

好雨知时节

夜间无眠，听雨落在琉璃瓦雨棚上，是那种没有音阶的乐声，平铺直叙，但是，特别好听耐听。天籁之音，此乃一种。

喜欢雨落在花草树木上的声音，沙沙的，也细微，也深情，蚕吃桑叶似的，一种振奋人心的生命律动，让人在倾听时，整个心胸随之打开。世间很多的美好，让人在看在听在品味时，欣欣然。生活中，真的有太多值得珍惜珍视的东西，其实，并不在遥不可及的天边，而就在我们俯首抬眉便可触及的眼前。

宋人蒋捷的《虞美人·听雨》，简短的一首词，写尽了人生况味，以及家愁，还有国恨。我们反复咀嚼时，心念随之辗转，载浮载沉。"少年听雨歌楼上，红烛昏罗帐。壮年听雨客舟中，江阔云低、断雁叫西风。而今听雨僧庐下，鬓已星星也。悲欢离合总无情，一任阶前、点滴到天明。"第一次读这首词时，还年轻，只是觉得美；而今，人过中年，阅翻云覆雨世事，历沧海桑田人生，再读时，别有一番滋味在心头。尽管如此，依旧努力地以一颗纯善之心待人处事。

戴望舒笔下的雨，自有另一番浪漫："撑着油纸伞，独自／彷徨在悠长，悠长／又寂寥的雨巷，我希望逢着／一个丁香一样的／结着愁怨的姑娘。"到了相应的场景下，必会从我们的脑海沟回间弹跳出来的，是谓经典了。譬如，每每走进江南的小巷里，眼前就会浮现出一个撑着油纸伞的姑娘，袅袅婷婷，一步一态都是景，一顾一盼皆是情。

杜甫笔下的雨，不仅仅是美，更有一种高士的情怀绵延其中。"好雨知时节，当春乃发生。"你需要时，它就来了，沉寂了一冬的草木庄稼，经过雨水的滋润，全都抖落开了身姿，它们的身体上长满了我们肉眼捕捉不到的嘴巴，快意畅饮雨水甘霖。

对于庄户人来说，雨有着非同凡响的意义。长时不下雨，土地干得快要冒出火来，这时候，来一场酣畅淋漓的大雨——好雨知时节呀。

在中院村，我们家房子一长溜四间，一间堂间，一间灶间，两间房间。稻草房顶，雨落长了，就会渗漏，家里的大盆小盆大桶小桶甚至大罐小罐一起用上了。那时候的雨，听上去，叮叮咚咚，也是大珠小珠落玉盘的，却是毫无浪漫动听可言。

到了三月，头天夜里下过一场雨，泡桐紫色的喇叭花落了一地，还落了我家门口的一池塘。也是那个时节，头天晚上将一只篾篮置于塘里的石阶上，好几条黄鳝，尚且没有来得及惊喜，便一溜烟地从篾篮里消失了。兀自站在塘边，失落了好半天，白白地冷落了一塘桐花。

那时候还小，喜欢穿着木屐到像极了我亲人的二娘家的天井里看雨。跟泥土打交道的孩子，本事大得很，小不点儿的人，往布鞋上套一双木屐，在雨中，在泥泞的土路上，可以满世界地跑，走得稳稳当当，绝不摔跤。我站在天井边的房檐下，是看雨，也是听雨。天井里栽着一棵硕大的栀子花，到了端午前后，沁人心脾的香芬，几乎能把人的鼻子刺破，又几乎要把人的魂魄勾走。那样的时刻，让人忘情，不舍离去。

年轻的时候，常常喜欢在蒙蒙细雨里行走，不打伞，任由雨丝飘在脸上、落在身上。人过中年，却是再也不敢了。到了秋天，一场秋雨一场寒。若是心境不太好，那时的雨，会勾起人的百结愁肠，搞不好，能够落下一捧清泪来。

到了万物凋零的深冬，行走于户外，或者是水边，李商隐的诗会适时涌上心头，"留得枯荷听雨声"，唯美的，是诗，也是一塘枯荷的外在意象，达观的，则是李商隐的内心世界。对于我自己身上的特质，有些我相当的满意，譬如实诚善良，譬如不娇气不矫情。对于那些于顺境里清醒谦逊，于逆境困境苦难之境里依然能够以一双澄明的眼睛去看世界、以一颗柔软善良的心去对待万物苍生的人们，我常怀景仰之心，且一直努力地向这般豁达的境界靠拢。

刚刚泡开的绿茶，片片碧叶，在透明的玻璃杯里，高高低低地铺排开来，杯子里盛着的，是茶水，是尘世小景，也是青春时飞扬、到老了渐渐沉静下去的人生。就这般手捧一杯清茶，在雨季，在闲暇的时光里，什么都不做，只静静地坐在椅子上，听屋外落雨，品世俗人生。

好雨知时节。其实，好雨，不仅仅在春天。

细雨湿流光

万物起身，一刻千金。春天的光阴就是这样金贵，细雨过去，我们刚一转身，原本还没露出地面的笋子忽然间蹿出来了，仅仅一夜间便冒出尺把高度，冷不丁地瞧见了，将不具备竹笋生长基本常识的我们吓了一跳。

白色的豌豆花，最是引蝶；金黄的油菜花，最是招蜂。阳光暖暖地照着，白日一寸一寸地长起来。下班都好一会子了，天光依然明亮，暮色迟迟不肯降临。

日子每一天都是新的，簇新的新，让人眷恋的新。天地澄明，万物清新，所有的草木庄稼都在春风春雨春日里粲然而笑，或者有声，或者无声。

前些天与剁碎的肉末一起包饺子的荠菜，正在一点一点地老去，已然开出一粒一粒白色的小花。这时候的荠菜，失却了人们的关注和宠爱。有一首歌这样唱：由来只有新人笑，有谁看到旧人哭。那样的伤感伤情，如果我们用来同情风光不再的荠菜，显然是我们臆想出来的小肚鸡肠。

荠菜在开花，荠菜在结籽，荠菜正在为明年早春的盛宴早早地做着准备和努力。

一夜风雨，满地落叶。落叶多是赭红色，那是来自香樟的。香樟的香芬，终年不散，包括深冬。赭红色的落叶铺满碧绿的草坪，仿佛我们精心侍弄的布艺，其实，比我们的布艺要美上很多倍。我喜欢久久地伫立窗前，凝神注视着一片一片的叶子，从树梢上飘落下来，小小的仙子一般，娟秀、轻盈、空灵。

江南的雨是有灵魂的。春分前的雨，早了点，那时节，尚有寒意。过了春分的春雨，方才懂得体恤之情，与"吹面不寒杨柳风"的意思有些接近了。

小区里，有一堵花墙，原本郁郁葱葱的绿色墙壁，到了清明时节，陡然如同京剧里的变脸，黄灿灿的，那种明艳艳的黄，把周遭的深绿浅绿一下子比了下去，像是一类人，平常日子里，不显山不露水的，就在几乎被大家忘记得一干二净的时候，他适时发声，这声音与众不同，有一种直击人心的力量萦绕回环，让人痴迷向往。是迎春吗？显然早就过了迎春的花期。请教朋友方才知悉，有一种到了深春初夏绵延绽放的类似于迎春的草木，叫迎夏。

映山红打苞已经有些日子了，大面积地开放，应在谷雨前后，但也有性子急的，在清明时节便开放了，只是，曲高和寡，单枝独朵的，有些落寞。每每看到大片大片绽放的映山红，我便有着急切地去采摘的冲动。分外妖娆的，要数玫红色，若是雨后，丝丝缕缕的甜香从鼻端飘过，花不醉人人自醉了。

油菜的禾秆已经褪去当初怯生生的嫩绿，呈现出历经风霜的墨绿紫褐色，芬芳的菜花正在前赴后继地凋落下去，寸长的籽荚于枝端挺立起来，孩童似的，一边以好奇的眼眸打量尘世万物，一边接受日月雨露精华的滋养。和它们在一起，我似乎可以感触到它们平静外表下的心潮澎湃、激情涌动。尘世间，有一种动人心魂的状态，叫成长——坚持不懈地，咬紧牙关地，不遗余力地。

麦苗自从被播种进土壤里，就是一副争霸天下的架势。这架势搭得有些长，从冬天到春天，这还不够，它的雄心壮志正呼啸着向夏日里绵延过去。麦子最好的光景在夏日，在端午前后，忙完香味浓烈的油菜籽，庄户人的精力会齐齐落实到麦子上。麦熟一晌，虎口夺粮。每年，这样的日子，庄户人虽然忙碌得恨不得生出一双翅膀，却也在富有仪式感的状态下，充实、满足、欣悦，因为看得见摸得着的沉甸甸的大丰收就在眼前。

清明泡稻，谷雨插秧。春天的雨水，就这样润物无声地滋养着每一寸土地，还有生长在土地里的每一样作物生灵。

到了春末夏初，轻装上阵的孩童们都活泛起来了。一场雨后，大家提着小桶，手握长长的网兜，走进田畈，目标明确且一致，那些卧伏在秧苗下的田螺，它们在阳光的照耀下，闪烁着诱人的黄褐色光芒。远远地看到一个，立即举起手里的网兜伸展过去，轻轻一掞一兜一提，再把长长的竹竿收回来，田螺倒进小桶里。回家后，悉数倒出，肥硕的鸭子们步态有些踉跄地奔跑过来，狼吞虎咽地大口吞食着属于它们的美味大餐，然后嘎嘎有声地把脖子朝空中高高扬起。

鸟儿们一直在说话。鹧鸪声声，云雀应和，在风里，在雨里，在半空中，在枝头上，在窗台边，在我们的眼力无法抵达的地方。

细雨湿流光，万物见风长。

白露为霜

霜是夜行者，在我们安稳地躺在被窝里靠枕酣睡时，霜以蝉翼之姿，不动声色地倾覆于草木房顶天地间。

早晨出门，一路走过去，看着草坪上铺着一层薄霜，在阳光的照耀下，泛着粼粼波光，内心有暖意涌起。

路边，一家三口经营着一家茶叶店，门口一辆小小的三轮车，停放在女贞树下，长年摆放着各色花草。花草上亦是落了一层薄霜，仿佛衣饰讲究的女子的裙裾，那裙子的做工极为细致，精良的面料外特意地又镶了一层蕾丝或者欧根纱，更衬出女子的妩媚和好看了。他们打开店门时，把小狗牵至三轮车旁拴住。一个男孩子，看样子像个中学生，背着书包，每每从三轮车旁经过，必会去轻拍几下小狗，然后匆匆离开。铺着薄霜的地面，我总担心那男孩会不留神滑倒。看着男孩渐行渐远的身影，我便会想起儿子。儿子读中学时，每天会将晚上吃剩下的骨头拿纸包好，第二天早晨去车库拿自行车时，将骨头一根一根地喂给看车库人家饲养的狗吃。见到认识抑或不认识人家的宝宝，儿子也必会去抚摸一下，眼神里满是怜爱。

这般怜爱之情，如霜——很轻很浅，但很真实。匆匆而来，给世间万物以滋养，太阳出来了，完成使命的霜便悄然离去了。它无争——不跟雨水争喧嚣，不跟大雪争华丽，不跟太阳争光彩……

"蒹葭苍苍，白露为霜。"把霜写到唯美至极的，当数这句了。在这般美妙的情境里，我看到了霜的清绝之气。其气质相似于一类人，也恬淡，也贞静，进退有度，卓尔不群。你若是懂她，你若是知晓她的好，自会用心待她，或者远远地凝望着她、欣赏着她，不鲁莽横行，不自作主张地打扰她所向往的宁静和安好。她若是有意于你，便会如同青睐土地草木一般地轻轻掠过，是淡的、薄的，甚至是虚无缥缈的，也仿佛是行文抑或绘画，霜深知留白的妙处和技巧——不造作，不纠缠，她尊重世间万物，一如尊重她自己。或许，你尚且沉醉在她美妙醇香的余温里，霜已是倏忽不见，无影无踪，让你空自怅惘。

冷月如霜，秋夜好长。睡眠一直不好，睡着之后又是多梦。某夜梦见自己穿行于街市，不知道怎么的，就丢了鞋子，只好赤着脚继续前行，也不见卖鞋子的店铺。偏在这时，还远远地见到位熟人走过来，无奈难堪之下，戴上风衣后面的帽子，那人见了我也不知是认出还是没认出，就这么擦肩而过了，但于我，窘迫之情更甚。终于急了，恰有一对夫妇推一辆三轮车过来，上面堆着各式鞋子。我赶紧买来一双穿上。这番场景，这番境遇，如霜——该来时来，该走时走，干净清澈，一点不拖泥带水。

与人相比，草木更经得起风霜。在霜里，菜蔬的颜色更鲜明端丽了，尘世万物更顽韧更耐看了。怀念年少时穿着棉布鞋去菜园里摘菜的时光，拎一只腰篮，踏着一路的薄霜便去了。穿过一片田园，跨过一处山冈，我们家的菜园安静地卧于一方水塘旁。青菜用铲子铲起，大蒜、萝卜用手拔起，然后走向池塘，一样一样地清洗干净，这时候我的一双手与胡萝卜的颜色有得一拼了，有着些微的刺疼，还有些许的灼热。那手的颜色，那些微的刺疼，那些许的灼热，是轻的浅的淡的，亦如霜。也顾不上歇会儿，赶紧踏着晨霜回家——吃罢母亲熬好的粥，我得背着书包去上学了。

有时候，霜是燃情之物。"床前明月光，疑是地上霜。"这里的霜之多情，与月光与红豆相若。就意境上的沧桑美，我更喜欢张继的"月落乌啼霜满天，江枫渔火对愁眠。"那时候，时局动乱，在霜天冷风里，一个文人游子，漂泊在外，幽静的夜色，美丽的风景，非但不能带给他快乐，反而让他更加怅惘和难过。

对于汉元帝，王昭君是一个霜一样的女人，美丽、清洁、恬淡、贞静。有人揣测，被那个无良的毛画师丑化的王昭君，在她自己要求远嫁匈奴和亲的建议被批准后，受到汉元帝亲自接见。那一见，好比金风玉露，刹那间，天地失色，一切的一切，都成了王昭君倾城倾国色的陪衬和烘托。情不能抑的帝王当即临幸了她，且缠绵了整整三日三夜方施以隆重的嫁妆将昭君嫁了。可信吗？也许。好色，又有强大的资本，在国色天香面前，他若要，她唯有从命。但是，若果真如此，于王昭君来说，无关荣幸，只能是耻辱。他委以重任的画师，胆敢在他的眼皮子底下贪污受贿胡作非为颠倒黑白混淆视听，那不仅是汉元帝的耻辱，也是他的罪过。这等男人，倒不如与他之间清清白白，不沾一点腥浊之气的好。

在霜这儿，我所体悟到的是：要么生，蓬勃健康地生；要么死，干净决绝地死。霜的生命很短，短到只有区区几个时辰。朝阳升起的时候，是霜一生最美丽的时候。在最美丽的时候逝去，这需要勇气，也有一份超然的骨气在。

世人皆言，好死不如赖活着。霜非得把自己熬成雪熬成冰熬成一把腐朽的枯骨，方算得上是痛痛快快地活过一场吗？

小满

天空的脸孔有些阴沉，是雨还没下透的样子，仿佛一个人，受了什么窝囊气，也经历了一番宣泄，但是，还有一口气没有出掉，于是，还在琢磨着找个茬口，把那番委屈再抖开一回，或者找一个人把那番委屈再倾诉一回——是一场雪迟迟化不尽，在等候下一场雪；是劲头还没有全然发散出来的酒酿，继续在发酵。

后来的日子，老天果真跟雨较上了劲。小满前后，雨一场一场地下。上周五下午，站在单位厕所窗口往外看，暴雨借助狂风，在空中剧烈抖动着往下砸，顿时，飞沙走石，天昏地暗，惊雷阵阵，让人惊悚。有人在朋友圈里说，正在下冰雹，在屋外行走的人，雨伞撑不住，很短的路，就把身上打了个透湿。同事陈良回到办公室时颤抖着嘴唇说："不可思议，居然，居然下冰雹的！"五月天，下冰雹，在江南也算奇观了。

周日下午，又下了一场相当有气势的雨。彼时，我和子君正在公园里漫步。没有太阳的夏日，很有几分清凉，满世界的浓荫绿意，花草的香芬随风飘过来，霸道地直往鼻腔肺腑里钻。天然的氧吧，让人置身其中，不舍离去。天突然暗下来，雨随即落下来，赶紧躲在一处棚檐下，来不及涌进下水道的雨水，把整个世界渲染成了亮闪闪的汪洋。雨一直下，没有耐心继续等待的我们，只有硬着头皮匆匆往家赶。皮鞋早已成了雨鞋，走在积水的雨地里，"叽叽叽叽"的响声，被落在雨伞上的更有气势的"咚咚咚咚"的声音盖过去了，那"叽叽叽叽"声不再具有立体感，而成了一串串扁平的符号，被我结结实实地踩在了脚底，汇成了无奈的呻吟。

"小满不满，干断田坎。"小满时节，播种插秧，庄稼生长，无一例外地需要雨水的滋润。这一场场雨水，当是大自然给予庄稼作物最好的馈赠吧，我期待着又一个丰收年。

我所居住的小区紧邻公园，夜间蛙声四起，清晨鸟的叫声也格外清脆，尤其是布谷鸟，"发棵，发棵"地叫得意气风发。这里的鸟分明地见多识广，不晓得怕人。在小区里散步时，鸟常常会跟着我们的步伐一起朝前走，我们缓步而行，它们踮着小脚款款而行，没有相当好的气质，简直盖不过它们的绰约风姿。刚刚住进来时，没摸清底细，那天看见一只体形比较健硕的鸟立在草地上，它的嘴巴伸进草丛里，也不知道是在啄虫还是啄食什么其他东西，好像使出了很大的劲，但是，被啄的长条形物体仿佛生了根，一直不能整个地落进它嘴里，它于是发了狠地死劲啄。我一边看着这一幕，一边往它跟前走，怕惊着它，想绕开去。冷不丁地，后面快步走过来一个人，离它很近了，那只鸟仿佛全然没有觉察似的，兀自地努力啄食，让我好生佩服。

节气走到小满，好些花已开至荼蘼，往凋谢的路上去了。这时节，适合吟咏苏轼的词："花褪残红青杏小。燕子飞时，绿水人家绕。"也适合哑摸柳永的词："烟柳画桥，风帘翠幕，参差十万人家。"一遍一遍地吟咏品味着，齿颊皆香。

倒是红艳艳的石榴花依然开得热情高涨，还有黄花菜也正妖娆。那天猛然看到楼下呼朋引伴开得热闹的黄花菜，居然失忆了一般，陌生感潮水一样漫过来，于是，从包里拿出手机，打开"形色"软件，是我熟悉的黄花菜，可供眼睛观赏，可供胃囊饕餮。年龄渐长，自信心愈发不足，好比，我们有时候写字，明明是再熟悉不过的字，写出来一看，陡然间心生疑虑，越看越不像，越看越陌生，问问边上的人，或者百度，原是自己多疑了。

小满，每每读到这两个字，眼前闪现的是一位憨厚朴实、健康阳光的小伙子，是来自乡村的，黝黑的面孔，一身的力气，不大喜欢跟人说话，他是说得少做得多的典型代表，无论是做农活，还是做手艺活，他都会非常认真专注。如果别人家里遇到什么需要帮忙的事，只要他知晓了，恰好又出得上力，无须人家交代什么，他一准会做得妥妥当当、井井有条。

小满时节，桑之未落，其叶沃若；油菜籽充满质感的香味，播撒得远天远地；渐至饱满的麦穗，把锐利的芒骄傲地刺向苍穹；桃子杏子李子层层叠叠地吊上了树梢——稚嫩、青涩、惹人怜爱。

于草木，开花倘若是小满，结果便是大满。开花不是目的，开花的终极意义在于结果。当然，节气里没有大满，小满之后是芒种，麦子最好看的时候在芒种时节，彼时，它已成熟，沉甸甸的麦穗，在阳光的照耀下，黄金一般灿烂，把天地山川照亮。

我住青山街时，楼下人家娶过来的媳妇很会打扮自己，也特别热衷于打扮自己，衣服一天一个样。年轻的女子，被家人宠着，也被自己宠着。大约两年后，她生下一个大胖小子，她的心思一下子扑到孩子身上，人也变得能干起来。在她公婆有事不凑手时，她一手抱娃，一手大包小包地拎着从街市上买来的各种吃的用的，急匆匆地往家赶。只那么两年的时间，于她，却有了质的飞跃，娇生惯养的她，工作干得漂漂亮亮，家也操持得停停当当。这时候的她，给我的感觉，也是小满——温润，大方，勤勉，能干。

人过中年，机体的代谢功能日复一日不可遏止地缓慢下去，对于食物没有了多大的欲望，偶尔去饭馆，面对一桌子琳琅满目的菜肴，再也没有了年轻时急不可耐的贪婪。有些菜，不想再碰；有些菜，浅尝辄止。曾经的好胃口，于我们，已成奢望。我们的胃囊，只能小满，再也经不起狼吞虎咽、放肆饕餮的"大满"了。

小满，于我们，有着哲学的启迪意义——前方的路还长，慢慢走，不停歇，且行且珍惜；小满，是当下的节气，也是我们当一直秉持的生活态度——谦逊的，温和的，不骄奢，不张扬。

日长蝴蝶飞

凌晨四点多钟，晨曦初露，人还躺在床上，鸟便叫起来，取的是叠韵，一叠二叠三叠四叠，"亲亲亲亲"，然后停下来，立即有另一只鸟呼应，也是叠韵，"亲爱的亲爱的亲爱的亲爱的"。这样的叫声，温柔且亲切，尚且还有些睡意朦胧的我，听着听着，简直要笑出声来。若说它们是在调情，似乎有轻薄之嫌。对了，它们是在进行爱的表白，或者说是在天地之间发表爱的宣言，襟怀坦荡，大大方方。

从头年冬至起，日子一天一天地长起来，眼下正是夏至，白日之长已达极限，下午七点多，晚霞还迟迟不肯散去。这日子长得呀，可以做好些事。

也是的，麦子虽然已经颗粒归仓，但是，正在灌浆的早稻、正在茁壮生长的玉米、尚在发棵的棉花、把藤子扯得铺天盖地的山芋、菜园里的各样菜蔬，都在等着农人除草浇水喷药施肥。

而我到了星期天，最喜欢干的事儿是去五里路之遥的花园村，用腰篮拎上母亲准备好的小麦粉换切面回家，一路上，走走停停，顺便把西洋景看了又看。日子那么长，总要做点事，或者，总要生点事才好。弟弟从来都不让人省心，吃饭时端只饭碗都可能会掉进家门口的池塘里；放学回家背个书包，都可能跌在人家盖房子用的一堆大石头上，把下巴颏撞得大洞小洞鲜血直淌；实在没事时，他爬到高高堆起的稻草垛上，一不留神摔下来，摔得自己背过气去，把母亲也吓得三魂丢掉两魂半。可是那天，母亲让我带弟弟一起去，我原本是不愿意的，但终究没有说出口。走出家门不过几分钟，到得村后的杳塘边，我看见弟弟目不转睛地看着盘旋在杳塘上空的一只只蝴蝶，我还没有来得及提醒他当心，他整个人已经四仰八叉地掉进杳塘里。弟弟的落水，并没有惊扰到蝴蝶们，它们依然逍遥自在、气定神闲。

魂飞魄散的我，使尽全身力气喊"救命"，不大会儿工夫，弟弟头顶上扎着的冲天辫便看不见了。我只觉得自己的喉咙都要喊破了，这时，有一个身影从田畈里飞快地冲过来，快到我跟前时，飞身跃进杳塘，弟弟得救了。只是，那天的切面到底没有换成。

好在有惊无险，我救弟有功，母亲便自己在家里和面揉面擀面，面汤里放进一大勺白花花的猪油。母亲为救命恩人毛余以及我和弟弟每人盛上一大碗，当然，毛余碗里另外卧着三只油煎荷包蛋。

我家屋前大树下、屋后的院子里，春夏时节，蝴蝶、蜻蜓触目皆是。捉蝴蝶我不大在行，但是，捉蜻蜓却是一捉一个准。远远地看见蜻蜓在我够得着的树干或者灌木上落下，我便蹑手蹑脚地走过去，彼时仿佛窃贼一般，几乎是屏住呼吸的，在蜻蜓尚未觉察的时候，它的尾巴已经被我的拇指和食指紧紧捏住。被抓住的蜻蜓，甚是恼怒，它迅速地勾下头来，一口咬住我的手指。它的嘴巴相当锋利，但毕竟，它体态极小，力道终是有限，虽然有点疼，但于我，是可以忽略不计的。蜻蜓的双眼形似玻璃球，透明的翅膀更有着艺术的质感，把它捏在手里，我能乐此不疲地欣赏好半天，然后，在母亲的呼喊声里，我放飞它，快速地冲回家，帮着母亲择菜烧火做饭。

蝴蝶美则美矣，只能眼巴巴地看着，任由它在空中翻飞表演，我基本上逮不到它。逮不到它，我也不会沮丧，我很阿Q地想，世上的美好如此之多，又怎么可能统统被我收罗囊中？便是看着就好了。

周末，去阳光大姐住碧桂园的朋友程大姐家玩。程大姐家住一楼，让人羡慕的是她家的院子，足有二百平方米，里面种满了茄子、青椒、瓠子、黄瓜、苋菜、西红柿、南瓜，还有葡萄，一串一串的葡萄吊在搭得高高的棚架上，菜园里高高低低错落有致，一派清新明媚的田园好风光。中饭，除了昂刺鱼、仔鸡、肉圆子三样荤菜，蔬菜皆取自自家菜园，还有一样菜薹是初春时摘下用开水焯过放进冰箱保存的，此番拿出来清炒，吃进嘴里，依然是春天的味道。

程大姐家院子里有一口井，饭毕，我们从井里泵水上来洗手。阳光从葡萄架上葳蕤的叶丛间漏下来，落在身上，开出一朵一朵的花，那些花，格外耀眼，极尽光华灿烂。

蚯蚓在菜园里拱土，蝴蝶在菜园里翻飞，我们坐在葡萄架下，长一句短一句地说话。那些蚯蚓，那些蝴蝶，那些话，把长长的下午不留空隙地填充得满满当当。日子绵长，滋味绵长，日长蝴蝶飞呀。

犹记得，年少时一次一次远天远地地不辞辛苦地去往外村赶场子看露天电影，看《梁山伯与祝英台》，这一对有情人，生前未能结连理，死后化作一双彩蝶乐逍遥。我们看时，且悲且喜，他们是悲情也是长情的杰出代表。

很多很多年过去，中院村的那些蝴蝶，电影里的那双彩蝶，它们的翩跹风姿犹在眼前。眼前的蝴蝶，和年少时我记忆里的蝴蝶可会有什么关联吗？

"像蚂蚁一样工作，像蝴蝶一样生活。"天冷花谢，可供蝴蝶活命的食物绝了，蝴蝶就此香消玉殒。蝴蝶的一生，虽然短暂，但是，它努力地过好每一天，努力地做最美的自己。这样的生活态度，通达乐观，值得我们每一个人珍视，并好好学习。

黄梅天

天有些闷，空气中隐约飘浮着看不见的水滴。站在山冈上的我，头上戴着可遮阳也可挡雨的斗笠，手里握根竹枝，水牛不听话时，我用竹枝来吓唬它。此刻，水牛安静地啃着青草，它阔大的嘴巴一张一弛，弯下去又翘起来，被它啃过的坡地上浓郁的草香四处飘扬。

黄梅天，家中有油有粮，空气中依稀飘荡着菜籽香和麦香，中稻、单季晚玉米、高粱、花生、芝麻、棉花、山芋在田地里疯长，丝瓜、南瓜、冬瓜、黄瓜、瓠子、葫芦、蕹菜、豇豆、毛豆、扁豆、四季豆、土豆、茄子、辣椒、西红柿在菜园里也是铆足劲地疯长。一些菜籽被拎到油坊榨成了油，一些麦子被磨成粉做成切面，晚餐不想煮饭，下一锅切面，或者和面揉面擀面，就着腌菜抑或拿菜籽油清炒的两样蔬菜还有水大椒，把一大碗一大碗汤汤水水的面条吸吸溜溜地吞进肚子里，那份满足和惬意，无以言表。尘世间的宁静安稳，都被浓缩进了大团大团正在发酵长毛的麦粉酱粑粑里，等出了霉，晒好的香喷喷的酱，成了居家过日子又一样增色增味的调料。

吃过中饭，母亲去邻居家，和几个妇女围坐在堂间的八仙桌上打纸牌。层次分明、井井有条地被攥在手中的纸牌，模样玲珑乖巧，宛如一片一片的方片糕，只是，好像比方片糕更薄。每个人的跟前都摊着几张钱钞，有角币有分币。我那双价值一块六角的橙色透明塑料凉鞋，便是母亲拿她打纸牌赢得的钱和卖鸡蛋的钱凑在一起去供销社买来的。

母亲她们聚会打牌的人家有三个孩子，名字取得浮皮潦草，依次叫：大丫、大柱、金宝，大丫、金宝是女孩，大柱是男孩。这家唯一的男孩大柱，经常会做出一些出其不意的事情来。依稀记得那是一个黄梅天，晚间百无聊赖的他，来我家当我面往脸颊上贴了一片涂上唾沫的白纸。对于他的举动，我甚是诧异，让他揭下来，他说迟点再揭。第二天，看到他脸颊头天贴纸片处一片血红，皮肤好像脱落了似的，露出红兮兮的嫩肉。不用问，我已经知晓了原因。他说，这纸真的跟肉长到一起了。我问他，疼吗？他笑笑说，早晨撕纸时有点疼。那笑容有点僵。

小区里显得杂乱的草坪被齐齐铲掉，土地被翻开，泥土被碾碎，新运来的状如瓷砖大小的草坪依序铺上去。湿漉漉的黄梅天，草坪会快速地稳固生根，一如多年前中院村大柱脸颊贴上的那片白纸。

我们下班时，雨落下来汇聚在班车一扇一扇的玻璃上，成点成行成片，在玻璃的衬托下，雨水愈发显得澄澈透明。司机性格开朗，反应敏捷，发车时间、到达各站点时间都相当精准，对于大家在微信群里不时提出的各种问题和要求，他也是有问必答、有求必应。车内环境清洁，一盆吊兰，清新葱郁，让车内的氛围平添几分宁和静气。

雨停了。从班车下来往家走，天陡然间又黑下去，雨随即落下来，雨点不大，密度也不大。在清风细雨里，柔软的枝叶不断地向行人点头致意，天地万物笼罩在如烟如雾的重重帘幕里。

洗好手，煮熟的面条，拿凉水过透，沥干水盛进碗里，倒上些许生抽、香醋、麻油，再搁些辣酱，拿筷子拌匀，撒些咸菜、萝卜丁、榨菜丁、豇豆丁，只一样便好，再盛一碗头天熬好放进冰箱里的莲子羹。有时晚餐，煮一根玉米棒，就着一碗西红柿蛋汤。玉米是紫白相间的，粒粒珠圆玉润，嚼在嘴里，又糯又甜。电视里播放着听不出个所以然的节目，字正腔圆的男声女声从耳畔一字一句地快速掠过，想坐到电视机对面的沙发上看，人终究还是坐定在餐桌边的椅子上——吃饱了，懒得动。

黄梅天的雨，频率比其他时节高，一天能下好多场。有时雨前，突然爆出惊雷，正安静看书或者做事的毫无防备之人，会被这惊雷唬得一跳。雨有时长有时短，可能下楼时发现下雨，才上楼拿把伞的工夫，雨已经停了，让人疑惑着，刚才的雨，是否下过。抬头望出去，雨过，天晴。

头天晚上洗净拿洗衣机甩干的衣服，今天早晨拿手去摸，还是潮乎乎湿答答的。马路上，总浮着一层水，洒水车可以歇息一阵了。

早饭后站在厨房里洗碗，屋后的半塘荷，绿意盈目，浩阔的海洋似的，另一半水域，仿佛文章或者画幅的留白，余韵袅袅。再抬头时，却见一叶小舟荡过去，舟上一个男人，手持一只长柄网兜，一下一下地伸向水面，他大约在打捞水面上漂浮的杂草和杂物吧。红艳艳的荷花齐齐举出水面，朵朵都是亭亭玉立的美人，香气远远地飘过来，贪婪地闻时，响亮地打了几个喷嚏。这般浓郁的荷香，不知道立于舟上的男人可闻得醉了？

万花消失得无影无踪的时节，夹竹桃适时地填补了空缺，它们大片大片地绽放，白的如云如雪，红的如火如霞。

各种草木绵密的绿，朝着空阔处无限延伸。那样强大的生命力，让人心悸。

这阵子买了很多书，一趟一趟地从菜鸟驿站往家拎。菜鸟驿站在小区北门对面的巷子里，离家还有一段距离，有时，人尚且走在路上，阳光陡然收敛起姿容，雨便落下来。

网购来的书，有些可能因为商家保管得不太妥当，抑或长途运输过程中一些不可抗的因素，书角书身出现一些皱褶，让人心生别扭。不太好的感观，并不会影响阅读，想想商家的不易，便确认收货，给个好评，余者不再提起。

　　潮乎乎湿答答的空气，让世间万物都低下眉弯下腰，收起支棱着的棱角。我以平和的姿态，与这个世界亲切握手无言相欢。

　　人心莫测。同是一颗心，有时很软，有时又如冰般冷硬——左右这颗心的，有时是感情，有时是威仪，有时竟无法说清究竟因何而起。

秋风万里

我当然明白，秋风是无法丈量的。但是，关乎秋天的一切，我是这样的喜欢，包括雨，包括风，包括鸟叫和虫鸣，所以，我愿意赋予其大气的内涵。其实，是我自作多情了，大气高蹈的特质，是秋自己具备的。

立秋前天午夜，阵阵雷鸣，把人从梦里惊醒，很久都睡不着。睡不着，也不愿意把眼睛睁开，就这样静静地躺着，听雨、听风。"雷打秋，冬半收。"好在这是立秋的前夜。从乡村走出来的孩子，总是惦记着农事收成，期盼着风调雨顺。"一叶梧桐一报秋，稻花田里话丰收。"在万里秋风的吹拂下，晚稻正在茁壮生长，丰收的景象，就在不远处，再过些日子，便可以看得见摸得着了。

莲子和芡实，在秋日从水里被采摘上来，加工成实实在在的干货。如夏日里一样，每天回家，还是吃一到两碗莲子芡实汤。这两样食材，不易煮烂，洗净放进电饭锅里，加水，加冰糖，调至汤粥键上，每次大半电饭锅，总要煨足两三个小时。煨烂后盛进汤锅，等凉透了塞进冰箱里，虽已入秋，依然可以从冰箱里端出即食。

秋日里，蓝天白云是好的，雨雾蒸腾也是好的。

风，把树叶吹绿了，把树叶吹黄了，把树叶吹红了，甫一入秋，浩荡的万里秋风，毫不留情地把无数的树叶吹落了。"一叶知秋"，那一叶，指的是梧桐，其实，那悠悠落下的，岂止是梧桐叶？

雨落了一夜，风刮了一夜，该落的树叶都在夜间落下了。铺天盖地的被雨淋透的落叶，在清晨被环卫工人清扫一空。雨后的清晨，清新洁净，花草以及泥土的气味夹缠在一起，那样的气味，提神、醒脑。瞥见一辆摩拜，打开手机软件，扫码骑行。单位班车停靠点在小区的北边，因为时间尚早，我骑行向南，那里有整齐漂亮的新建小区，有绿意葱茏的公园。

水边的柳树，似乎并不知秋，还是一派的青枝绿叶、风情万种；芦苇也不知秋，还是一派的苍翠欲滴、摇曳生姿。这两样植物，不到万木枯黄的深冬，都不见倦意。其实，我喜欢看深冬的柳树，叶子落尽，只剩下一树枯枝，虽是水瘦山寒，依然呈现出不容小觑的凛然风骨，画卷一般，那画，工笔绘就。芦苇在刺骨的寒风里，从青丝到白头，那白头，不仅全无暮气，反而平添一身仙气，让人已经走过去，还禁不住频频回首。

万里秋风，深纳于柳林，深纳于苇丛，深纳于各色草木丝丝缕缕的叶脉里……

我家房子楼层虽然不高，但前后无遮无挡，所以，站在客厅阳台上或者站在厨房的水池边洗菜洗碗，抬眼望出去，都是一派的通透邈远。

老天很是"加相"，配合着秋之节气，立秋后，雨水一场接一场，夜晚穿着睡裙站在阳台上，周身居然觉得有些许凉意。蝉还在声嘶力竭地鸣叫，但是，毕竟是秋日里，蝉声里已经被灌注进了寒意，式微了很多。浩荡的秋风，把蝉鸣声一浪叠着一浪地传播出去，传得很远很远。

双休，两位大姐来我家玩，一早打着伞去买菜，回家后系上围裙，

——清洗干净。油爆蒜蓉虾、红烧排骨、仔排海带汤，再炒两个蔬菜。每个人杯中一点红酒，这一餐饭吃了有个把小时吧，酒和菜一一被吞进了肚子里，话和感情一一从肺腑里倾吐出来。

午饭毕，去中央公园，于蒙蒙细雨中，各自撑着伞。风从看不见的地方吹过来，寥廓、浩荡，雨中的秋风，湿漉漉地凉。我们就这样沿着河岸，从西往东走，走过柳树，走过苇丛，走过还在盛开的紫薇，走过红一丛白一丛的夹竹桃……

大姐说她的一个熟人，年华正好的时候，吃喝玩乐，浪费光阴，某一天，突然间醍醐灌顶般幡然醒悟，努力地经营起了他的人生。让人感叹也欣慰的是，这一经营，不仅有模有样，还相当的不同凡响。这等活法，好比春播秋收被颠覆了一般。

其实，人生年华正好的时间甚是短暂，容不得懈怠和浪费。但是，确乎有些人的一生，活得很生猛，上半生专情做浪子，下半生浪子回头，突然起跳，居然成绩骄人。《我的前半生》里的罗子君，很幸福地、其实是昏昏然地活到三十好几的年纪，被丈夫陈俊生断然抛弃后，跻身职场，短短的几年时间，便实现了婚姻失败以及技能阙如的人生翻盘。那时候，她是不幸的；之后，她是幸运的。她的幸运，离不了她自身的咬牙拼搏，更离不了她身后的贵人相助。人和人不同，人生和人生不同，在岁月的长河里，我们每一个人都是孤本，无法模拟，不可复制。

人生入秋，不敢懈怠，也不敢有什么奢望，只是做平常的自己，工作之余，穿梭菜场，认真地吃下亲手烹煮的一菜一饭。

"秋风起，蟹脚痒。"在高爽的金秋时节，在浩荡的万里秋风里，我期盼着一场关于蟹的盛宴。蟹不在多，一人一只便可。

寸寸秋光

到了秋天，寸寸光阴都是好的，总担心它走得太快了，恨不得伸出双手去拦一把。美好的物事，令人珍惜，好比眼前的餐桌上摆着一碟青色的大豆，粒粒饱满，颗颗如翠。终于还是下了筷子，一粒一粒地丢进嘴里，细嚼慢咽，竟然于不知不觉间就吃完了。回过神时，唯有怅惘——再美好的物事，终究敌不过时间的消磨，忽地就没有了，让人空自怀念，久久不能释怀。

好在，今秋还在继续，我们一日一日地流连在这样美好的时光里，当是快乐的吧，虽然这样的快乐很简单，简单到有些平淡。

夜晚浸泡在雨声里，更显出一种柔和端丽的美，所有的嘈杂与喧嚣都被雨声一一过滤掉。我喜欢一切来自大自然的声音，包括雨，包括风，包括鸟叫和虫鸣。枕着雨声入眠，于我是一件幸福的事，蝉们已经钻进地下厚厚的土层里，秋虫的呢喃一波一波地涌过来，直把人送入夜的深处，及至沉入无边无际的梦境里。

早晨醒来的时候，推开窗子看向楼下，水泥地面以及花坛里的泥土都有轻微的潮湿，仿佛被泼上了一层若有似无的墨，呈现出清浅的灰色。浅灰的色调是好看耐看的，端庄、大气，还有那么一些雅气，你若是选择这个色调的外衣，肯定会让你的气质上升那么一个层次。

石榴的气质与金秋最是登对，外表上的富丽好看自不用多说，剥开了外壳，内里的光华灿烂与厚重感更是令人眼前豁然明亮乃至震撼感动。一粒一粒的籽实，红宝石般莹润剔透，整个地捧在手里，汁液是顺着舌尖四下洇开的，那感觉像是涂在略微潮湿的丝棉上的胭脂，于瞬间传递向每一丝脉络，我们的喉咙到身体的每一粒细胞都张开了，无声地享受着甘甜如蜜的汁液的滋养。

板栗是秋的代表作之一。它是个泼皮的物什，也不用打理伺候，自顾自地于树上结得层层叠叠的，到了中秋时节，男人们从树上大篮大篮地采回家，往堂间的地上一倒，剩下的事儿便全是女人的了。剥板栗是粗活也是细活，那得有耐心，手上套上一副早就准备好的如同鞋底般厚的布制手套，左手抓一颗栗子，右手持一把剪刀，一剪刀下去，刺猬似的硬壳应声裂开。里面多数躺着三只，也有一只的，如同睡在摇篮里的宝贝似的安稳，让人把它们剔出来时都不由自主地轻了手脚，生怕惊醒了它们的好梦。

地里的棉花已经白如云朵，得赶紧地把它们大筐大筐地搬回家了。那壳是深褐色的，每一颗都张着大大的嘴巴，棉花就一片一片地从张开的嘴巴里被掏出来，抠出棉籽，雪一样的白絮被装进大篮大筐里，白日，摊在簸箕里拿出去晒上一两个日头，再被送到棉花匠张弛有度的竹弓下。年复一年地，我们就被这样松软如云的棉絮包裹着，温暖地度过谁都欺负不着的寒冷夜晚。

世上集美之大成者，终是草木。哪怕是一片枯黄了的从树上飞落下来的叶子，竟也是那样的仪态万方，不容亵渎，让人凝神注视时生出仰望之心。

银湖路上，梧桐的叶子多数已经泛出黄色的光芒，那黄色是有着梯度的，衬得起秋的历练和沧桑。每一株梧桐都是那样的挺拔有风仪，该怎样来形容呢？玉树临风，这个词真的是大好。风度翩翩，秀美多姿，美男子似的。那样的景况，当是一个身着长袍的古代男子，譬如嵇康，譬如孔明，那种不俗的风仪绝不仅仅是外形上的，得由骨子里渗透出来。单纯的美貌于男人，本没有什么值得骄傲的，须得有内在横溢的才华外加上乘的品性打底，方可配得起"玉树临风"这个词。

一直以为，春天是女性的，秋天是男性的。

秋的气质与人一样，亦是一步一步踏踏实实地修炼而成的。经历了春的绚烂以及夏的浮躁，渐渐地沉静下去，老练了、成熟了，再不屑于与世上诸般物事争什么，只管勤勤恳恳地行动，然后拿出丰硕的成果回报尘世。

儿子尚且年轻，希望他能够快快地修炼自己，走向成熟和沉稳。周六，我去岳西的映山红大观园采风，回芜湖的路上，给他打电话，让从师大赶回家的他自己去楼下买点饭吃。他说不着急，想等我回家一起吃。柳拂桥先生说，让公子过来和大家一起吃吧。再拨去电话，儿子说，我想和你一起吃，就我们俩。吃完饭回家的路上，踏着月色，牵着儿子的手，他的手是那样大，几乎快有我的两倍了吧。和孩子在一起的时光，每一寸都是暖的，就如这金秋的感觉，厚实也温馨。

阅读和写作上一直处于尴尬的境地，很多文字看不上眼抑或看不进去，当然也包括自己的，想写点自己能看上眼的、能看得进去的，却又比登天还难。眼高手低，如此而已。

比起那些天高地阔的东西，我还是喜欢写自己身边的小事小物小景。

宁和高爽的秋日，在路上，在水畔，在屋里，在灯下，可以看身边的风景，也可以遥望远方；可以低头阅读，也可以掩卷遐想……

这样的好时光，千万别辜负了——寸寸秋光寸寸金呀。

冬日及其他

那一树老黄，其实是苍黄的了，还在寒风冰霜里坚持着。那份坚持，是勤勉，是踏实，是凛然的风骨，让人敬，却亦让我夜夜生出担心。早晨出门，看着那一树的苍黄尚在，在晨露白霜的映照下，自成一派绰约风姿，心下暗自一喜。

年复一年地关注着楼下的这棵叫不出名字的树，到了冬天，那份关注之心尤甚。

今年的冬天很快会过去。去年的冬天、前年的冬天，隐藏在时光深处的那些人那些事、那些若隐若现的蛛丝马迹，或深或浅地存留进了我们每一个人的记忆里，可亲可暖，挥之不去。

冬天，我几乎见不着落日的余晖和晚霞。天黑得那样快，仿佛一个坐在墙角或者桌边的老人，夜里在床上翻来覆去地睡不着，青天白日里，刚才分明还是精神矍铄的，才一个转身的工夫，老人便头一低打起了瞌睡，那瞌睡是香甜的，有鼾声做证。班车尚且还在路上行驶，天已经黑得深沉了，一盏盏灯火，水一样地漾过来，车子就在水底疾驶过去，车窗外，有风呜咽，有水流淌，有汽车的轮子隆隆……

冬夜很长，无处可去，可以缩进被窝筒里看书。

"生活不止眼前的苟且，还有诗和远方。"看到这句话时，喜欢到怦然心跳。其实，一颗心在一地鸡毛的生活里早已被千锤百炼至僵硬麻木，这般怦然的心境于我已是相当稀罕，因为稀罕，所以，弥足珍贵了。我不会写诗，那么容我略略修改一下：生活不止眼前的苟且，还有文字和远方。远方，多数时候只能遐想，好在，还可以遐想。相比起来，文字就贴心多了，只要我愿意，是每天都可以一亲芳泽的。

今天，于当当网上拍下的几本书悉数收到，其中有一套是格非获本届茅奖的《江南三部曲》。似乎日日在文字里打滚，但与从前相比，不仅写作的速度急速下降，读书的速度亦是急速地降了下去。

冬季里的绿，因了周围黄红或者枯黄干红的衬托，越发地显得葱茏。有比较，方能够彰显出耀人眼眸的独领风骚。

不比不知道，一比吓一跳。世上物事，大抵如此。

字怕挂，文怕比，一比，高低上下就分明了；人也是，人比人，气死人，那多半指的是生活的精彩程度。有些人一生下来就在福窝里，终身都在福窝里，我们不必嫉妒，哪怕这些福人的福，并非自己奋斗的结果，而仅仅是拜他人所赐。我要说的人禁不住比，则是比的勤勉踏实与风骨，一如那株老黄的树。有了以上种种优良品质，即便物质生活没有达到所期盼的理想高度，在我看来，也当是一点也不影响其被尊敬的程度。

得空时，我们应该读一点令自己自卑抑或肃然起敬的文字，唯此，我们才可能在平凡的日子里得以成长。一味地孤芳自赏，其实是可怜的，也是极其愚蠢的。山外有山，天外有天，我们不放眼望出去然后再回首仔细地审视自己，或许永远都意识不到。

写作入门甚是简单，但是每上一个台阶都极其艰难。张爱玲说，出名要趁早。凡事皆如此，早比晚，无论是悟性、精力还是冲劲，都有着无法比拟的优势。窃以为，每个人一生至少可以写三部小说，一部写自己，一部写爱的人，一部写恨的人。落实到我自己这儿，也算是写过三个长篇，却是没有旗帜鲜明地契合这几个主题。

有人说，生怕错过了一个灵感，哪怕是半夜里睡在床上，灵感来了，赶紧披衣记下。我不以为然，灵感错过了，隔时还会再有。写作至关重要的还是功力，若是功力浅薄，灵感堆砌成山都是白搭。

说起生活的积累以及文字功力的淬炼，金宇澄相当有说服力。年轻的时候，他写过小说，中短篇，后来任《上海文学》编辑，逐渐停止了小说创作，只是偶尔写散文和随笔。他的成功，得益于他的海量阅读，尽管他阅读过的文字里作者的投稿占了小半壁江山，但是谁能知道那些被他悉心编发过的文字于他日后长篇创作的潜在意义呢？若干年后，年近六旬的他创作出的第一部长篇小说《繁花》，以上海方言为基础，以低至尘埃的笔触，写尽普通百姓的尘世生活日常以及沪上独有的浓浓的市井烟火味道。小说一经面世，便连获两个大奖，最终又一举拿下国内文学的最高奖项"茅盾文学奖"。

我感动亦感佩他关于上海方言诸多细部的精心咀嚼、对于描述叙事的反复推敲及至整部作品的数易其稿。

每一地的方言都有着耐人咀嚼的味道，以不同的筋骨与气质，从千年万年的烟火岁月里穿越过来。但是，我也深切地知道，将方言精到地糅进作品的字里行间，且文脉畅通、气息圆融，需要多么强大的功力和技巧。

沪上是金宇澄的根，我们每个人都有自己的根。说起方言，姑苏的吴侬软语是一种，川鄂的豪放之风是一种，而在我们老家安庆地区，只隔上几十里路的距离，说话的语调与音质便是迥然不同的了。安庆城区的黄梅腔，几乎与唱歌有得一拼，每每于我生活的城市抑或外地他乡听到，亲切之感油然而生。"千万里我追寻着你"，如果这世间，有一个人值得你如此中意和痴迷，那么，你这一生真的是无悔无憾的了。只是，这样的概率好比拿两元钱中五百万大奖。很多人和事，走着走着就丢了，在我们的心坎里，不会走丢的、永远值得我们依恋和追寻的，终是生养我们的故乡。

我很卑微，但无碍我仰望一些人和事，也无碍我不屑于一些人、一些事。

足可慰藉人心的是，人老了还能够活出树一般的风光，在凛冽的寒风冰霜里，老得从容，老得优雅。黄叶片片落尽后，那一树光秃的枝丫，还可以呈现出山寒水瘦的清越健朗达观，譬如金宇澄，譬如他笔下的《繁花》。

黄池的初冬

车抵达目的地的时候,是下午两点。太阳躲在云层里,虽是初冬,温度却是宜人,清风抖着翅膀晃来晃去,犹如春日一般。我们去的地方叫黄池,是采风,也是赴谈正衡先生的宴请。在当地的杨桥村里,有一处房舍,是住宅,也是一家可供游人饕餮的农庄。

黄池,前些年去过,也是和文友们一起,坐上轮渡,三两分钟的工夫抵达水阳江岸,然后,蜂拥踏进老街,是奔着那里的茶干去的,结果,经过一家一家零落的商铺,却是全然没有了购物的兴致,终究还是空着手离开。那时候,也是下午。物流业如此发达的今天,要购买久负盛名的黄池茶干,真的未必非要在当地。大家虽然没有就此话题表达些什么,却已然在心中达成了默契和共识。

江堤边,一排铺子,虽然是营业最好的时间点,多数店铺却是关着的。一家打铁铺墙壁上赫然写着"黄池铁匠铺",却不见匠人打铁。一些打制成型的钉耙、锄头、铁铲、刀具挂在窗口,拿手一划,叮叮当当,不过是个摆设罢了。旁边镂空的木质门窗,扑满了灰尘,几分沧桑感便随着四散的灰尘飞扬开来。

随意而行，不时地被漂亮的花花草草们惊艳得眼明心亮。好些人家的房子上，爬山虎肆意游走，尽管绿意渐淡，枯黄横行，但是，气势尚在。有一处，居然横空开出一片火红的花朵，那是爬山虎吗？如果不是，又是什么？问同行的文友，答案皆不确定。

盆盆钵钵里，菊花开得分外耀眼。黄色是主色调，间或闪过一盆两盆玫红色以及橙黄色，虽然都像是一群靓丽的女子。但是，随着我们的手机以及相机的精准聚焦，它们分明的层次已是不言自明。

继续前行，到得近年新建的人气颇旺的黄池老街。说是老街，其实，那些铺子的造型都是现代派的，所卖的衣饰百货，也没有什么特别之处。路面水泥铺就，我们一边随意看看，一边阔步快行，不过半小时，便走到了尽头。

出了老街，一望无际的原野横陈眼前，一如曾经的小城，站在不高的楼上，便可以放眼千里，观长江苍苍茫茫，浩荡奔流千万里。在城市，越来越高的楼房阻挡了我们的视线，还有越来越多的高架。高楼、高架，使城市变得越来越像城市，蜘蛛织网似的，高高低低，原本辽阔的空间，被毫不留情地切割成了或大或小的碎片。所幸，还有乡村，还有原野。

晚稻已经成熟，被收割过的田地里，稻根赫然而立，像是男人被剃得很短的发根。尚未收割的稻子，一派光华灿烂，穗子们沉甸甸的，仿佛一场盛宴，静候着饥肠辘辘的吃客们前去好一顿狼吞虎咽。

树木成林的地方，鸟儿来往穿梭，喜鹊立于叶子落尽的枝干上，昂首仰望苍穹，喜庆热烈地亮嗓歌唱。声音被辽阔的原野悄然过滤掉，成了一幅水墨画，又仿佛工笔勾勒的素描，那种美，至简至精，让人销魂。

法国梧桐的叶子，仿佛被一把火燎过，与其说是黄，不如说是焦黄或者说是焦煳的。到了冬天，法梧基本上谈不上什么观瞻价值了。

倒是历经了秋冬时节风吹霜打的银杏树，越来越有范儿，其极具艺术造型的扇形叶片，像是涂了一层明黄的油彩，润泽、饱满，泛出惊心动魄的光芒。在小城，或是去外地走走转转，发现太多的行道树都被银杏占据了——你若是金子，定有发光的时候；你若不同凡响，不会被风尘湮没，总有一双慧眼识得，出手置你于更合适处。

紫叶李的叶子，还是那种幽暗的紫，沉默着，不发一言。无论四季如何流转，它总是一派淡然，面不改色，一如最初。

冬日，最有看头的当是香樟了。于万千绿叶丛中，间或跳出一片红叶，那叶片的红，太过浓郁，是多年前活跃在戏台上的角儿，长时寂寞，却是心有不甘，偶尔被邀请客串一回，把脸抹了又抹，把眉描了又描，把唇涂了又涂，郑重其事，心存对舞台的敬畏，也心存对于曾经烈火烹油般的艺术生涯执着的怀念——这般的虔诚执着以及对于艺术的敬畏之心，这般对于美好过往的深切怀念之情，让人心有戚戚，也让人油然而生尊重之心。

一塘枯荷，静默地铺在水上，全然没有了夏末秋初的意气风发。它们是老去的美人，任岁月盘剥，风骨仍在，在冬天的风霜里，正拼尽最后的气力，把生命的内核展示给世人，把一份沧海桑田的美丽呈现给世人。这样的姿态背后，让我们体味到的是一种让人肃然起敬的情怀，一如罗曼·罗兰所说的："世界上只有一种真正的英雄主义，那就是在认清生活的真相后依然热爱生活。"

农庄后一片翠竹林，清逸之气飘忽天地间。天将黑未黑时，群鸟齐欢唱，让人猝不及防地一下子跌落进诗意的世界里；又仿佛置身于最朴实的尘世——我端坐在灶膛前烧火，柴火拿火钳压着，火不至于太大，也不至于太小。一锅蚕豆在大铁锅里接受火的炙烤，过了好一会子，陡然间，噼里啪啦地炸响起来，浓郁的香味弥漫开来，把整个灶间都塞满了，仿佛潮水突涌而至，又仿佛贪玩的我们一下子挤向某个景区，不甘落后，奋勇向前……

第三辑　美好如斯

——每一份经历，每一次遇见，都是上苍的馈赠，都足以让我们铭记感激，在或长或短的人生历程里。

生如夏花

　　所有的草木都仿佛受了惊，齐齐地把头探出来张望。一时半会儿的，那份惊吓无法消减，在微风中，犹自战栗不已。实则，这样的战栗，不同于没见过世面的女子，乍见了生人，忽地从心底渗透出来的惶恐不安。那些花、那些叶，历经了冬春的枯荣，盛夏时节，已是修炼出了沉着冷静之质。若是非要探寻一个说法，只是因为花花叶叶长得太过饱满丰盈，立于枝头，有些头重脚轻罢了。

　　草木葳蕤，只这四个字，自成画卷，自如诗行。雨水充沛、阳光灿烂的大好光阴，岂能辜负？草木最懂得惜时如金，草木亦最懂得以自己的努力生长开花结果去回报、去感恩所有的给予和馈赠。

　　白玉兰性子急，冬天刚刚过去，在一树光秃秃的枝丫上便绽放得蓬勃盎然，彼时的玉兰花最是好看，每一朵都如雪般洁白，无论在夜间抑或白日，我们盯着看时，几乎是带着敬畏之心的。广玉兰花开时，已是盛夏，在阔大厚实的绿叶间，开得东一朵西一朵的。也是的，其花硕大如荷，若是如同白玉兰一般扎堆开放，恐怕太过华丽的视觉盛宴，让我们吃不消吧。这是广玉兰的谦逊之处。

三叶草的花开得甚是勤勉认真，如稚蝶般大，却是异常精致，从形到色，每朵五瓣，朵朵生得八面玲珑，那颜色呈深粉，表面好像涂了一层蜡。所谓的光彩照人，想必就是这个样子。我每每走过时，总要凑近了细细地观摩，啧啧赞叹一番。

石榴花开得那叫一个妖娆。那样艳丽的大红，那样别致的造型，是让人看一眼都要眼热心跳的。太美的人或物，都易招妒。石榴花明白这个道理，它们的聪明之处在于，懂得收敛自己。也是的，那般美丽绝伦的模样，单单一朵便已足够绚烂，何须呼朋引伴！于是，它们散落于碧绿的叶丛间，犹抱琵琶半遮面。风起时，它们俏皮地闪身一现；风住时，它们的恬静和唯美，让人看得痴迷，渐至沉醉不知归路了。

夹竹桃红一片白一片地开着，携着盛世繁华的喜悦和霸气，所有的美好，都屏气凝神地摇曳在枝端。它们擅长渲染气氛，懂得四两拨千斤的妙处，在骄阳下，在夏风里，紧锣密鼓地演绎着盛大的剧目，一场接一场，不知停歇。

人说春花最美，我要说的是夏花最香。草木的香芬，泼洒在天地间，且不说那一朵一朵仿如精心雕琢出来的栀子花，只那不起眼的碎米粒一般的女贞花，其馥郁的香芬已是足以让人陶醉到销魂了。

女贞花的香芬，有着邻家姐姐的味道——温厚、辽阔、质朴、亲切。如此的享受，让我们有一种饕餮的被宠溺感。那是怎样的一番情形呢？好比幼小的我们躺在床上，翻来覆去地睡不着，大姐姐知悉我们的心思，于是一遍一遍地给我们讲故事；或者，炎热的夏天，大姐姐觉得电风扇、空调这些物什的威力过猛，把它们统统地废弃了，只拿只轻巧的蒲扇为我们扇风；若是这些还不能让我们安静下来，犹自吵着闹着，大姐姐的耐心爱心依然如涌泉一般，取之不尽用之不竭，我们渐渐地累了困了，沉沉地陷进了温柔的梦乡……

一棵挨着一棵的槐树上，花儿前赴后继地绽放开来，如同一只只小小的白色蝴蝶，迎风在枝头上荡着秋千。荡得累了，歇下来，然后，仿如一个个仙女，提起裙裾，翩然落地。人行道上，花瓣铺满了薄薄的一层，我们的双脚踏过的每一步，都有着暴殄天物的窃窃欢喜。不时地，有那一粒一粒的花瓣，调皮地落上我们的鬓角眉梢，香芬袅袅，绵延不绝。

小区里的一对老人，每天傍晚时分，便从家里走出来，悠闲地踱着步子。大半生已然过去，我无法揣摩他们年轻时的容颜。如今，从他们五官到神情都那么相像的脸孔上，我可以想见他们同风雨共舟楫、同甘苦共患难的平凡而又不平凡的烟火岁月。白居易写槐花："薄暮宅门前，槐花深一寸。"我不知道白翁在写这首诗时，究竟有着怎样的一种心绪。这一对老人，也是从人生的火热夏季一路走过来的，但此刻，从他们身体里散发出来的气质，唯有安静和从容。看着他们步调匀停地走在落满槐花的人行道上，夕阳的余晖洒满他们的脸上身上，我的眼里不由自主地泛起丝丝潮意。

盛夏草木，最是得缘，在它们的身旁，百鸟齐欢唱，万水俱澄澈。

这时节的鸟儿，无惧风，无惧雨，它们在澄明天地间，以自己饱满充沛的生命，一直飞，一直飞。它们嘴衔种子，散播到四海五湖，散播到天之涯海之角。

水是城市的眼睛，把尘世美景、万千气象都收罗进明媚的瞳仁中。小区畔有湖，一副不识人间烟火的样子，自顾自地澄澈清碧。年龄层次不一的男男女女在湖畔垂钓，钓饵就是湖畔泥土里随时挖出来的蚯蚓。

"杨柳岸，晓风残月。"那是把浮名都换了浅斟低唱的风流才子柳永眼中的美景，也是他心中的孤独和惆怅。盛夏时节的杨柳，年华正好，风情最是撩人，一树一树的绿叶，翡翠质地的流苏似的，又如同曼妙女子的曳地长裙，漫过脚踝，纷披进绿波微漾的湖光水色里。千般风情、万般妖媚，是湖畔浣纱的西施，那份夺目的惊艳，把鱼儿都吸引得齐齐浮出水面。

湖水与垂柳的两两照拂，有着亲密爱人之间的隽永和心照不宣。哪一方湖畔没有垂柳？哪一株垂柳不依水而生？它们之间的形影相随，承蒙人类的成全，也是它们自己的灵性慧心赋予了人类对于美色的认识和感知。垂柳与湖水，它们其实是相惜相爱的吧。这只是我的无端猜测，是与不是，又有什么关系呢？有时候，你爱上了一个人，兴许自己都不知道。

绿草绒毯似的，厚厚地铺向天涯。小草很小，它们的心性却又是那么的强大，甚至还很有那么一些高尚。在大自然蓬蓬勃勃的各色美景跟前，它们无争，它们甘当配角。花木不及之地，它们呼啸着生长；大漠绵延之处，它们以弱小的身姿防护着风沙的肆虐和疯狂。

小草的齐齐发力，是听从于内心，还是听从于尘世万木繁花的倾情召唤呢？

生如夏花，这里的"花"，不是那个单薄的概念，它是指一切草木，包括花，包括草，包括庄稼和林木，包括自然界里一切蓬勃昂扬的鲜活生命。

"江山如画，一时多少豪杰。"这是苏东坡式的豁达乐观；"生当作人杰，死亦为鬼雄。"这是李清照式的不让须眉；"我吃的是草，挤出的是牛奶。"这是鲁迅式的奉献和坚守；"你是爱，是暖，是希望，你是人间的四月天。"这是林徽因式的温婉多姿、才情纵横……

坦荡，正气，努力，坚持。苏东坡、李清照、鲁迅、林徽因……他们卓尔不群，或许我们无论怎样努力，都抵达不了他们的高度，但是，他们的优秀品质，我们这些普通平凡的人一样可以有，我们一样可以朝着他们的方向，去追寻，去修炼。

生如夏花，卓尔不群的他们可以，我们每一个普通平凡的人也都可以。

炊烟

从乡村走出来的我们，每个人的心头都停驻着一缕炊烟，亲切的、温暖的，霞光万丈，生生不息。

灶膛里塞进一把柴火，人已经飞奔至屋外，把鸡鸭猪狗们从笼子里统统地放出来。撒出一把稻子，鸡们扑腾过去；扔一把碎菜叶子，鸭们扑腾过去；石臼里一碗稀粥拌上米糠，猪一崴一崴地走过去；一些剩菜剩饭倒进瓦盆里，狗一个箭步冲过去……

火在灶膛里是一直笑着的。微火时，是幽幽的笑；小火时，是窃窃的笑；中火时，是爽朗的笑；大火时，是开怀的笑。火笑得越肆意畅快，房顶上的炊烟便飞腾得越浓郁、越富于气势。烧火也有着小小的技巧，大火把饭烧开，停些时，也就是焖一会儿再烧，不仅节约柴火，还会让干饭以及稀饭更软更稠。这也是一种过日子的诀窍，乡村人的日常花销，从来都是算了又算省了又省的。

灶台上镶着两口吊罐，饭做好了，水也滚烫了。

放学后看到房顶上的袅袅炊烟，心里便会升腾起一种踏实可依之感。

一到家，我会快速地放下书包，然后跑进灶间，母亲在灶台边这菜那菜地忙活着，我坐在灶膛前只管一心一意地烧火。

从山上砍来的柴火或者用竹箅沿坡耙来的枯枝残叶，把它们拾掇整齐，那个拾掇的过程是谓"撂把"。还有，不规整的树桩木头，被一一劈成棒槌大小长短后，于我们来说，都是宝贝疙瘩。每每看到后院柴房里堆砌得整整齐齐的柴火，心里就生出稳妥充实感，就像每天早晨，我一手拎着粪箕一手握着铲子行走在村庄里，远远地看到一头猪愣愣地把屁股一撅，我会立即奔跑过去，那热气腾腾的猪粪被我拾进粪箕里，心里是会掠过一阵抑制不住的欣喜的。城里长大的人们可能不太明白猪粪的用途：集体生产时，猪粪交到生产队里可以换工分，工分可以换粮食；分田到户后，猪粪是庄稼的肥料。所以，对于农民来说，猪粪是宝贝。

对于可当肥料也可当燃料的牛粪，我一直有着莫名的亲切。牛粪是清洁的，也许很多人不以为然，但是，在我就是这样固执地认为，那里面隐藏着青草的香甜和泥土的芬芳。每每放牛，在牛拉下粪后，如果在田畈里，只能听之任之了，反正是肥了坡地山冈的，并没有浪费。倘若在村口或者牛栏里，我们会快速地把牛粪捔起，搭在土墙上，晒干后的牛屎粑粑，是上好的燃料。牛粪燃烧时的烟极轻，淡蓝色的，几近于无，其气味也是几近于无。

从我记事起，我们家的一日三餐很是规律。如果中间时段烟囱里冒出炊烟，除去年节期间家里加班加点地做着年节用的各种美食外，一定是来了客人。对于其他客人的印象比较模糊了，唯有小姑妈家的两个孩子，也就是我的表姐和表哥，印象特别深刻。深刻的缘由不是别的，还是关乎灶间的美味。彼时，读高中的表姐和读初中的表哥，被小姑妈托付给了在枞阳县汤沟中学执教的父亲，表姐和表哥每周六下午从学校赶往四十里外的四湾村他们的大姨妈家，在走了三十里地后先到中院村的我家歇歇脚，母亲必会拿出用家里麦子去作坊换回的切面，袅袅炊烟升起时，一股子新麦的香味从灶间扑出来，夹杂着的，还有葱以及猪油的香味。这样好吃的面条，我们是没有份的。那时候的我总是惊异于母亲的手法为什么那么精确，从锅里盛出后正好就是两蓝边碗。我和弟弟只有干看着——其实，干看着都不可能，母亲会拿只篮子给我们："去，打点猪草。"我们恋恋不舍地出门时，看见烟囱里还有一些似有若无的炊烟往天空散开去。那一刻的炊烟，让我们特别嘴馋。

怕的是变天的时候，那时烟囱里的炊烟便仿佛被施了魔法，不再是往天空中袅袅飘去，而是从烟囱口往回钻，直钻得灶间烟熏火燎，把人呛得鼻子不是鼻子眼不是眼的。

隔阵子，母亲便将灶膛上的大铁锅取下来扣在地上，仔仔细细地铲尽锅底厚重的黑垢。其实，那厚重的黑垢是可以肥沃土壤的。还有，灶膛里的草木灰，其妙处甚多。在麦子被播进土壤的初冬，把草木灰铺进麦田，几乎与现如今的大棚有着异曲同工之妙，它也是一种天然优质肥料，还可以有效地减少病虫害。还有还有，我们的皮肤不小心破溃了，立即奔向灶膛边取一撮草木灰敷上，不日伤口就会神奇地愈合……

今年的仲秋时节，那天出门时，太阳躲在云层里，只有和风轻轻地拂过我们的面颊。其实，我没有想到那天的活动会去到那样一个美丽而又原生态的地方。稻子在田里，一派灿烂，黄金一样。菜蔬在地里，井然有序，又因为旺盛的生命力，竟至管不住自己的手脚了，向地外的田埂上攀爬了去，若是描进画里，仿佛女子鬓边的几缕秀发，拢进发丛里是一种美，随意地散落开来又是另一番风情。正在生蛋的老母鸡们躲在鸡笼里，那些已然卸下了包袱的，起劲地在坡地上啄食虫子，啄一会子，拿爪子使劲地刨土，再啄。扁豆花还在开，南瓜花还在开，紫薇花还在开，木槿花还在开，海棠花还在开，蝴蝶兰还在开……

房顶上的炊烟恰巧升腾开来。邓丽君在她如花的年华里柔情似水地唱，"又见炊烟升起，暮色照大地"，而此时，是半上午。庄稼、菜蔬、母鸡、花草，其实都是我年少时中院村老家的样子。时隔经年，再度遇见，很是温暖，又有些许的怅惘。

炊烟，有着丰富的内涵——是爱，是暖，是绵延不绝的亲情；是路标，默默地指引着我们回家的方向。

日暮苍山远

　　是九岁开始吧，隔些日子便去姐姐家，一年总有五六次的样子。多数时候，是叫姐姐回来为母亲地里的农活搭把手，也偶尔是母亲奖赏我去玩玩的。姐姐家在枞阳县磨道村，距离中院村的我家有十里的路程。好像每次都是半下午的时候出门，一路上要经过好几个村庄，最后翻过一座山头，便是姐姐家的村庄了。日头一点一点地斜下去，看着那座几乎近在眼前的山头，却还是走了一程又一程，难以抵达。

　　后来，老师在课堂上给我们念一首诗："日暮苍山远，天寒白屋贫。柴门闻犬吠，风雪夜归人。"后面几句没有什么特别的印象，倒是那句"日暮苍山远"格外地让我感念。后来到了父亲执教的汤沟中学读书，再后来到了武汉读书，及至到了工作地的芜湖，去磨道村的频率渐渐稀少了下去。因为去得少了，每一次的前往，便生出格外的珍惜之心，在接近磨道村的路上，落日的余晖洒在山头上，无以言说的美，还有几许无以言说的忧伤。

　　其实，我老家中院村的山头与姐姐家磨道村的山头相比，气势巍峨了很多。深秋时节，分到各家的山头上的茅草被村民们悉数砍倒，捆扎整齐，一担一担地挑回家。母亲上山砍柴总是穿草鞋，而跟着母亲一起上山的我和弟弟则穿球鞋。上午上山，到了下午才各自挑着柴草下山。柴草被齐齐收割后的大山，远远看上去，像是被精心剃了的头颅。光秃秃的大山比之于柴草葳蕤的时节，美感自然削弱了不少，但这也不妨事，到得来年春天，又是绿叶鲜花插满头、一派生机盎然了。挑着柴火的我们到得家门口时，把目光眺向远方，大山落在夕阳的余晖里——日暮，苍山远呀。

我小学的一个女同学，她父亲是大队书记，她上面有七个哥哥，临了她母亲生下她这么一个女儿，宝贝得什么似的，取名"宝姑"。印象中，她特别的文静，比我们每一个同学都爱干净，总像个清清爽爽的大姑娘似的。但是，不知道什么原因，好像是娘胎里带出来的，她总是喘，皮肤苍白苍白的。她那个懂点民间医术的大哥隔阵子便上大山去采些草药煨水给她喝，有时候，一早上得山去，到了日暮还没有采够所需要草药的分量。每每她大哥上山采草药的那天，若是一直没有到我们教室门口露下脸，下午放学后，宝姑必会拉着我去学校后边的路口等候着。与其说她在等草药，不如说她在等她的大哥。是的，日头都快落下山了，真够让人着急的——夜晚的大山，是有豺狼等各色兽类出没的。我于是明白了，这时候的"日暮苍山远"里，是深藏着一份牵挂和担心的。

日暮苍山远。在刘长卿这首诗里，是一个风尘仆仆、富有才华的男人，或者说是一个德才貌俱佳的男人，走了一天的路，太阳就要落下去，天寒地冻的深冬，他终于找到一个可以食宿的地方，虽然只是一间贫寒的小茅屋，但是，足以遮蔽寒风冰雪了。还有什么不满足的？当他卧床就寝时，狗叫起来，在有风雪的夜里，茅屋的主人归来了。每每咀嚼这首诗，心中总是漾起无尽的暖。所谓的"万亩良田一张嘴，千层大厦一张床"，这便是吧。

一直喜欢邈远苍茫的意境。落实到城市里，这样的意境颇为稀罕，但是，到了水边，则又是另一番景况了。银湖公园边，到了傍晚，太阳就要落下去，灯火尚未开启，房屋树木的影子落进湖水里，微风轻轻地拂过，夕阳的余晖晕染在湖面上，湖水里的景象竟也有了"日暮苍山远"的辽阔和邈远。还有，浩浩荡荡的长江边，我们行走于亲水平台上，也是日头将落未落的时候，天边霞光万丈、波澜壮阔。船在江中，日头在江中，晚霞在江中，渐渐地，暮色溶入江中——也是一种"日暮苍山远"的境味。

总是努力地把日子过得满满的，日子满了，所有的孤独和寂寞就都逃跑得无影无踪了。休息天，还有漫漫长夜，把自己泡在家务里、泡在文字里，仿佛是形单影只的，其实不是。因为，所有的俗事家务，所有的书本文字，它们都是最贴心的伴侣，你尽可以放肆地与它们嬉戏闹腾而全然不用担心它们的突然翻脸到恼羞成怒，一如"日暮苍山远"，仿佛很苍茫，实则是别一番的丰盈充实温暖完满，因为在即将到来的夜间，有虽是贫寒却可以予人足够温暖的小屋把我们深情地接纳。

景在事中，人在事中。景在字中，人在字中。景在路上，人在路上。般般美好，可以落实到眼前琐碎的柴米油盐酱醋茶里，可以落实到堆砌得如山高的书本中，若是眺望，便是"日暮苍山远"的耐人寻味及至有那么一些磅礴辉煌的景况了。

"碎碎"年年

一进腊月，全村都忙起来了。那忙，与平时不太一样了，喜气洋洋的。

布早早地从吴桥街上扯了回来，也有压箱底的上好料子，一直舍不得，到了某年的年关，到底还是狠狠心，拿出来了。裁缝是请到家里来的，大队书记周理的老婆，在中院村是个一等一的美人，其实，并不年轻了，但是，好看，坐在缝纫机边做衣裳的样子，与平常相比，更上了一个台阶。嗒嗒嗒嗒嗒嗒嗒，她的双脚踏在机板上，手一直扶着衣裳往前推送，过一会子，停下来，换一块布，嗒嗒嗒嗒嗒嗒嗒。我们都开心得什么似的，那块花布是我的，被做成罩棉袄的褂子，然后锁扣眼，钉上有机玻璃的扣子，迎着阳光照过去，扣子泛着迷人的光芒。内心里的美，地上的小草似的，毛茸茸的，土里的种子似的，急欲破土而出。

老母鸡趴在窠里。那个窠是临时造出来的，一只稻箩，底下垫上厚厚的稻草，铺上软和的棉垫子，一窝新鲜的鸡蛋被老母鸡严严实实地焐在身下，稻箩上方卡上一只簸罩子。用来孵小鸡的窠特别的宝贝，被安

123

置在母亲的卧房里，白天一得空，母亲便要去瞅一眼，晚上起来小解时也会点上油灯站在边上照一照，看看有没有鸡蛋被一时疏忽大意的老母鸡给弄到身体外面来了。就这样一天一天的，我们在期待与欣悦中迎来了可爱如天使般的小鸡们的破壳出世。

池塘里的水被车干了，分到的一大筐鱼，大的腌起来，小的，放了很多很多的水，红烧了，那么多的鱼冻子，够馋嘴的我们饕餮地享受上一餐又一餐。

那些天，母亲一刻不停地忙碌着，家里平常不太动用的物件都派上了大用场。

泡软的糯米用甑子蒸熟，晒成米坯子。陈年光洁圆润的小瓷罐从床底下掏出来，那里面年复一年地经受了谷物滋养的黑色沙子，似乎都有了蓬勃的生命力，一倒进锅里，哗哗有声的欢腾雀跃起来，和沙子一起欢腾雀跃的是米坯子、黄豆、蚕豆、瓜子、花生、玉米、芝麻和米角、山芋角……灶间、堂间、房间、前院、后院，被浓郁的香味包围得水泄不通，丰收的、富足的、充满希望的，一切与欢快美好有关的情绪，荡漾在我们的心田里，也书写在我们的眉眼间。母亲手里握着细竹枝制成的炒耙一边在锅里来回翻动一边指挥着我：火大点，火小点。

从地窖里掏出储存了一冬的山芋，洗净，大火煮烂，去掉渣滓，再文火慢熬，熬制好的糖稀，是炒米糖、芝麻糖、花生糖、糖豆子不可缺少的配料。柜子、橱子上的抽屉被一只一只地抽出来，拿洗净的棉布一遍一遍地擦拭干净，晾干，炒好的米放进去，炒好的芝麻放进去，炒好的花生放进去，把糖稀与这些喷香的谷物充分地搅拌在一起，然后压得瓷瓷实实的，再倒出来置于宽厚的面板上，切成片，切成块，切成条。

黄豆是头天泡上的，一早，吱吱呀呀地磨起泡得松软得如同白白胖胖的孕妇般的黄豆，雪白的浆汁顺着磨盘流进下方的大盆里。磨好的浆汁统统装进干净的棉布袋子里，挤压挤压再挤压，袋子里是豆渣，精华的汁液则留在大盆里，倒进锅里煮沸，然后点卤，原本的液体便神奇地有了厚重的质感，压制成形，成了豆腐和豆干，拿清水养在瓦钵里。做饭时，捞出一块豆腐放进热乎乎的炉子里，捞出几块干子和大蒜、咸肉一起炒了，哪一样都是让人胃口大开、百吃不厌的美味。

用淌面盘子做米面，简直是富有仪式感的了。浸透的大米磨成糊，一勺一勺地盛出，放进铁制的淌面盘子里，一锅一锅地蒸。蒸好的淌面，薄薄的一层，有着玉一般的洁白和温润，取出来，挂到外面擦洗干净的竹竿上晾凉了，再卷起，切成条，晒干。要吃时，取出几卷，拿肉汤、鸡汤或者干脆就是清水煮了，一把香葱撒进去，人间至味，这肯定算得上其中一味。

还有，炸糯米圆子，炸肉圆子，炸鱼圆子……

年二十九，我们家的门槛几乎都要被踏破了，请父亲写春联的乡邻络绎不绝。乡邻们称父亲为"大先生"。母亲在灶间忙着，父亲在堂屋忙着，各不相扰。我们家的中堂是一幅巨型的老虎图，那只老虎腾空而起、威猛无比，一副随时可能冲出画外的架势。两边的楹联上写着：虎踞龙盘今胜昔；天翻地覆慨而慷。再下方是落地的条形几，八仙桌紧挨着条形几，父亲端坐在八仙桌边，不知疲倦地写啊写。

年三十一早，一家人都换上了簇新的衣裳鞋袜。宰杀好的四五只老母鸡在巨大的砂吊子里咕嘟咕嘟地炖着，腾腾的热气缭绕在厨房里，也缭绕在我们急吼吼等待着的心坎里。

年初一，"大戏"登台上演。过年前排练了个把月的八位姑娘，已经开始了巡回演出。她们每人肩膀上挑着一对花篮，韧性良好、被日月风霜漂染成赭红色的窄窄的扁担，与能歌善舞的姑娘们的腰肢一样，弹起、落下，柔软得似乎要断掉，却总也断不掉。她们唱黄梅戏——"郎对花姐对花，一对对到田埂下。丢下一粒籽，发了一颗芽，么秆子么叶开的什么花……"又唱民歌——"花篮的花儿香，听我来唱一唱，唱一呀唱。

来到了南泥湾，南泥湾好地方……"歌词、唱腔一变，姑娘们的舞姿也变了。

大年初二，我和弟弟一早跟着父亲去给外婆拜年，母亲准备好的篾篮子里，躺着一刀猪肉、两包红糖、几斤挂面、两条雪白的方片糕。辽阔的田畈里，麦苗开始拔节，油菜都有两拃高了。

那些年，琐琐碎碎；那些年，无限温暖，让人津津有味地回望一生。

一地月光

这几天的月亮，或满圆，或半圆，或月牙，或镰刀。流淌的月华，和风细雨地照进人的心海。月色下，草木绿意葱茏，栀子花的芳香，随着清风的吹拂，一阵一阵地飘荡过来。

一直以为，栀子花的香芬，是各色不同鲜花香味中的极品，于我的感觉，好比万水千山走遍的人，到了九寨沟，依然禁不住地一阵惊艳。

月华披身，我羡慕那些长髯飘飘、情怀浪漫的古人。他们，月明风清，淡泊宁静，目光深邃辽远，胸怀开阔纵横。

宋人无门慧开禅师绣口一吐，便是芙蕖一朵，犹如扑面清风，常品常新。"春有百花秋有月，夏有凉风冬有雪。若无闲事挂心头，便是人间好时节。"就是这般简静到几乎无痕的句子，却是蕴含着气象万千。

很多事，总要在千帆过尽后，方才明了其间真意；有些人，总要在历经滚滚红尘后，方才知晓他原来有着不一样的深沉和厚道。

"疏影横斜水清浅，暗香浮动月黄昏。"那时节，是寒意袭人的冬天，"梅妻鹤子"的林逋，把月光下的梅花描绘出别一番的韵致和妩媚。

"但愿人长久，千里共婵娟。"我仿佛看见长髯飘飘的苏公，那是他眼里的月光，也是他胸中不同凡响的大气和高蹈。

"我歌月徘徊，我舞影零乱。"是的，李白喝酒了，醉了，舞了。

有时候，月光如酒。酒在肠胃里发酵，月光在双眸里发酵。以酒为马，借月抒怀，可以穿越千里万里的浩荡烟波，抵达无际无涯的苍茫境界。"酒入豪肠，七分酿成了月光／余下的三分啸成剑气／绣口一吐就半个盛唐。"这般的豪情万丈，这样的精确解读，若是李白天国有知，当引余光中为知己吧。在他们之间，如果说有媒介的话，那便是醇酒和月光。

月光里，是深藏着乡愁的，或者说，我的乡愁，总在月华如洗的夜间，绵延发酵。年少时，月夜下的很多景象，从来不曾淡忘过，每每想起，总有一种别样的情愫在胸中澎湃荡漾。

乡村的月光，比之于城里，更显得爽洁清冽。常常随着姐姐追剧看电影，今天这村，明天那村。那个夏夜，放映电影《画皮》，在花园村的稻床上，密密匝匝地站满了男男女女老老少少，大家饶有兴致地瞪大眼睛，全神贯注地盯着宽大的屏幕。那个美若天仙的女子，脱下身上的皮，屏幕上即刻惊现一个青面獠牙、披头散发的女鬼，她用笔在那张皮上精细认真地描摹。吓破胆子的我紧紧地抓住姐姐的手。电影结束后，人群四下奔散，我飘忽的魂魄也正悄然回落至有些发冷的身体里。前面一片空地，平整镜光，我正准备一脚踏上去，被姐姐猛地拽住了："你这个丫头，怎么往水塘里走？"陡然一惊，方才发现那块看似平地的地方，居然沉浸着一颗圆圆的月亮……

记忆里一直存储着一个深冬的雪夜。雪是白日里落下的，厚厚地积在地上，夜晚，月亮悬在中天，普照于无处不在的雪上，那雪，闪烁着惊心动魄的光芒，寒气逼人。母亲在一户人家打牌，我和弟弟手牵着手，在雪地里，在月光下，一步一步小心翼翼地往前走。到了那户人家，于几声狗吠里，我们推开了虚掩着的大门，油灯浑黄的光芒和雪夜的光芒，在门口接壤。我怔了一下，和弟弟在门口站定，看着将手中纸牌高高擎起的母亲，知道母亲和她的牌友们玩兴正浓。母亲说，你们先回，我一会儿回。我和弟弟于是又手牵着手，往回走去。见过母亲的我和弟弟，内心踏实了很多。狗吠声此起彼伏，让树和树枝上的积雪都有了动感，照在雪地上的月光似乎不再那么寒意逼人了。

年少时的月光与现如今的月光，似乎并没有什么不同，但是，于我的内心，却又真的很有那么一些不同了。

喜欢于月下漫步，略略低头，静默地看着月光把人把树画在地上的影子，那影子，被拉得很长，抑或，被缩得很短，清浅素描似的，好看，也耐看。明媚的月光照在头顶上，我们之间心有灵犀，不离不弃，我走一步，它走一步，我走两步，它走两步。有时，夜深了，无眠，索性起身，在洒满月光的阳台上，久久伫立，什么都不做，什么都不想，只是抬头，看着如水的月光，内心便好像有了依托，得到了卫护和关照。

月光落在水里，又自有另一番诗意流淌的美好景象——千江有水千江月，万里无云万里天。兴致好时，三两好友，小酌之后，踩着一地月光，走向清风拂柳的湖边。有了绿荫的笼罩，有了明月的拂照，即便是凶神恶煞的炎炎夏季，都是那么的妥帖和安好。

沧海一声笑

做炸炒米营生的，清一色都是壮年男人，外形也是一律的瘦削身段——虽然瘦削，却分明地透着健康和精干，否则，这样的体力活，怕是承担不了。

中院村里，我家邻居庄妹的父亲一直做着这个营生，我叫他小爷。小爷不是全年地做，只在农闲时节。他不做本村的生意，必走得远远的，走得多远，我不知道，但他一旦出门，没有半月一月，是不会回来的。

偶尔，他会送点香喷喷的美味给我家，不是炸炒米，是炸年糕。中院村不叫年糕，叫小饼子，是将和水搅拌均匀的糯米粉搓成手指粗细的长条，上锅蒸，然后拿出来冷却，切成薄片，摊在簸箕里晒干。大袋大袋被晒干的小饼子，在某个露水打湿的凌晨被小爷挑走了。炒米，小爷一样地炸，这活计，他只收到一点工钱；而他自家做成的小饼子，除了工钱，还可以挣得额外的食材差价。

每天早早晚晚的，我去庄妹家找她玩。小爷若是在家，他必会在他家后院里打拳，也就是我们现今所说的练武。小爷穿着家常的棉布衣裳，每一掌打出去，都掀起一阵风；每一步跨出去，都跺出一个坑。我二哥若是放假在家，趁着小爷打拳的时候，会准时赶到他家。刚开始，二哥的一招一式都很书生气，不知道从什么时候起，那一拳一脚居然也是有模有样的了。

那时候乡村人做生意可谓稀罕，出门做生意更是寥若晨星。小爷说，出门在外，不容易呢，打得一手好拳，防身。出门炸炒米挣得的两个钱，他必须一分不少地拿回家供他疼爱的儿子根庄念书。小爷年复一年地行走于江湖之远，不走运时，碰到惦记他身上炸炒米得来的钱财的歹人也是在所难免。某次，他挑着担子行走于荒郊野外的一口池塘边，忽然身边冒出十来个长得五大三粗的小青年把他团团围住，嘴里叫嚣着让小爷留下买路钱。身怀绝技胆不虚，小爷从容地卸下担子，手里只握住一根扁担，三下五除二，那一群人尚且没有明白怎么回事，便一个一个前赴后继地掉进了池塘里……

小爷描述的场景，一直存留在我的记忆里，每每想起，胸中都盛满了拨开云雾见日出的荡气回肠。那样的场景，就跟在浑身炭般黑的小锅炉里所炸的炒米一样，多时的酝酿和等待，聚积成最后的全力爆发，"砰"，那一声，石破天惊——沧海一声笑啊！

因为中院村唯一炸炒米的小爷总是远走他乡，炸炒米的生意自然而然地被外乡人占领了。生人好赚钱，其实，说到底，还是那个年代的人憨厚老实。

来中院村炸炒米的男人，家住十里外的大山村，所挑的担子只几样东西：小马扎，麻布袋，小火炉，一枚炮弹一样的锅炉。

男人双手戴着一副厚纱手套，手套的颜色斑斑驳驳。他找一块空场歇下担子，也没听见他吆喝什么，大大小小的孩子们便嬉笑着如风一般四下奔跑过来。

男人支起炉灶，打开锅炉顶头的盖子，倒进些许大米，把盖子边的搭扣钩紧，旋紧螺丝。忙完这些，锅炉便稳稳当当地躺在铁支架上了。炉子里加上些许煤炭，坐在小马扎上的男人，左手转动锅炉屁股上的摇把，右手一下一下节奏匀停地拉动旁边的风箱。随着风箱的拉动，红彤彤的炉火舔舐转动着的锅炉。这时候的男人，神情异常专注，他的左手快速地左转几下、右转几下，眼睛不时看看摇把中间的压力表。忽然，男人站起来，一压摇把，抬起锅炉嘴塞进麻布袋，一脚踩住锅身。看到男人这一系列敏捷爽利的动作，我便快速地跑开，拿手指塞进耳朵里，人虽躲得远远的，眼睛却朝着炸炒米的方向死死地盯牢，"砰"，一阵烟雾，一缕喷香，铺天盖地地弥漫开来……

在很多古老营生渐渐消失在烟火岁月深处的今天，小城僻静处的小巷里，偶尔还能见到炸炒米的小摊子，不同的是，旁边再也没有馋巴巴围观的一群孩子了。零零星星的，有想吃炸炒米的人不紧不慢地朝着摊子走过去，从钱包里掏出零钱，钱货两清后买主拎着炒米走开。

摊主，似乎还是曾经的摊主——一样瘦削精干的男人；家伙，也还是曾经的那些家伙——小马扎，麻布袋，小火炉，一枚炮弹一样的锅炉。但是，热闹喜庆的气氛却是消失得无影无踪了。若是在暮色四合的黄昏，那份落寞，会远天远地地扑过来，把我和在小摊边忙活着的男人一同笼罩住。好在，不大会子，"砰"的一声巨响让我陡然一震——沧海一声笑，那声响，将我带回久远的少年时光，依然是那样的亲切美好。

也学牡丹开

"苔花如米小，也学牡丹开。"第一次读到这句诗，就被深深地打动了。后来在同学的朋友圈里，看到她和一帮年龄相仿的女子，穿着明媚鲜妍的旗袍，三月的阳光泼洒在她们的脸上身上，身旁是鲜花着锦，她们也都是笑靥如花，图片下方有她添加的注释："白日不到处，青春恰自来。苔花如米小，也学牡丹开。"这一注释，让那些图片和图片中我的同学的格调一下子飞升上去。

我在一家企业医院外科做护士的时候，有一位小我一岁的护工，她是无为人，我叫她小汪。有很长一段时间，她不吃食堂，也不在外面买饭，基本上都是自己在我们值班室的煤炉上做点简单的饭菜，她的饭菜里，放盐量极少。她的眼皮有一些肿胀，她说她患有肾炎。她没有接受药物治疗，只是食疗，症状轻，加上年纪轻，慢慢地，她的身体竟令人欣喜地康复了。

我一直相信人与人之间的缘分。对于我，她有一些依恋，她说我待她好。我喜欢她的为人憨厚老实、做事踏实勤勉。病房和走道的地面，她一天要拖好多个来回，收拾整理病人的被褥她一样也不含糊，来了新病人，她会主动地协助护士铺床叠被。她在医院工作期间，常来我家玩，后来，她的父亲一年也总要到我家来几回。几年后，她离开了医院，她父亲告诉我，她在上海打工，之后成家生子。那时候，我们都没有手机，后来，我也离开了医院，再后来，又搬了家，便失去了联系。但是，心里一直惦记她想念她——她的外形如苔、知识层次如苔，却在平常的人生道路上，认真地生活、努力地开花结果。

常年在我们单位收报纸废品的一位妇人，那天来时，她的神情格外欢快，她从口袋里掏出些软糖，给我们办公室每位同事两颗。她说她很开心，她的大儿媳生了一对龙凤胎，两个小家伙，一个五斤四量，一个五斤六量。早先就听她说过，她的大儿子是安庆某医院的医生，她的小儿子正在华师大读博士。她还说过，她爱人身体不好，肾脏做过大手术，收报纸废品这样的重活，主要由她完成，在她把大堆大堆的报纸废品从楼上搬至楼下，再往三轮车上搬时，她爱人帮她搭把手。她是家里的功臣，两个儿子的培养、家庭生活的支撑，她起着举足轻重的作用。她很辛苦、很劳累，但是，每次我见到她时，她脸上都挂着灿烂的笑容——她也平常如苔，但是，她努力地做事挣钱，努力地经营自己的家庭，并且，她总是向大家展示自己最阳光的一面，她始终洋溢在面庞上的笑容，亦如牡丹开。

我年少时，家里没有男性劳动力，家里的农活，几乎全部由母亲和姐姐去完成。这是由我家的特殊情况决定的。父亲当年从苏州大学毕业后，在绩溪中学从事教育工作，在我出生那年，父亲虽然调到了离家三十里路远的汤沟中学教书，但是基本上还是不可能帮助母亲做农活，一来他做不了，二来他也没有时间去做。姐姐九岁那年，母亲生下大哥，后来相继生下二哥、我和弟弟。无论是当初的集体户挣养家糊口的工分，还是到了 20 世纪 80 年代分田到户后的田地耕作，巨量的劳动，是母亲一个人无法完成的，于是，直到姐姐二十六虚岁出嫁前，一直都是母亲别无选择的劳动力帮手。姐姐后面的我们兄弟姊妹四个，到了上学年龄，一个一个地被母亲送进了村里的根队小学，小学毕业，又前赴后继地被送到父亲所在的学校读中学。因为缺少劳动力，也因为当时老师的工资水平实在有限，我们家的生活一直都很清贫，不仅如此，还不时地遭受有许多强壮劳动力人家的欺负。不服输的母亲，因为常年超负荷的劳动，身体上老伤叠加新伤。但是，再苦再难，供我们兄弟姊妹四个读书，是母亲坚守的底线。母亲也是苔，她的内心聚集着一团火焰，那团火焰，如牡丹，照亮着她自己的内心，也照亮着从贫困生活里一步一个脚印地走过来的我们一家人。

在我刚踏入社会那几年，除了工作，我的业余时间基本上荒废了。如今每每想起，都无比心疼和自责。后来成家生子，业余时间被没完没了的家庭琐碎事务以及孩子的学习教育悉数占据了。孩子大一些后，我开始阅读一些书籍，后来尝试写作，也算是为自己的业余生活开辟了一条路。在这条路上，我一直走得战战兢兢、如履薄冰，因为起步太迟，也因为天赋不够。但是，于我，那毕竟是可以带给我充实感和愉悦感的一条路，我在收获文学营养的同时，也收获了一些提升自己品质素质方面的营养，如此，虽在红尘市井里跌打滚爬多年，尚不至于粗陋到鄙俗。

春水初生，春林初盛。我深知，自己平常如苔，在和暖宜人的春光里，牡丹花开的样子，万花齐放的姿态，我唯有仰望。但是，这并不妨碍我欣赏、我效仿。

黄金三十年

1988 年，从中专的武汉水运卫校毕业的时候，我们还年轻，护理专业，清一色的女生，走到哪里都是风景。

在卫校学习期间，担任我们班主任的夏德瑁老师犹如慈母，她关注我们的学习，关注我们的生活，关注我们的安全；饭后课余，她带领我们游览了黄鹤楼、东湖、汉阳公园等武汉当地的风景名胜；她不时地跟我们谈心，开启我们尚且稚嫩的心智，兢兢业业地引领我们做积极向上的人。

那几年，各位任课老师一遍又一遍地跟我们说南丁格尔。19 世纪中叶克里米亚战争期间，南丁格尔和她率领的 38 名护士全力以赴地日夜奋战，半年后，士兵伤员死亡率从 50% 下降至 2.2%。作为世界护理事业创始人的南丁格尔，在我们青春的脑海中，在我们纯净的精神领地里，那个伟大的女性，是个神一样的存在，她仿佛一盏明灯，引领着我们好好学习，引领着我们朝前方行进。

1988 年到 2018 年，这中间的岁月，于武汉水运卫校 85 级的我们每一个人来说，都是人生中最金贵的三十年。三十年，很短很短，短得我们都没有来得及回味思索人生历程中的各种失意和不足；三十年，很长很长，我们成家，我们生娃，我们努力工作，我们教育孩子，我们孝敬父母，我们提升自己，我们不断往前赶。

一直羡慕子君，她的先生很成功，她的女儿很优秀，当我们一把年纪还在为生活打拼时，她可以活得很悠闲、很滋润。让我欣慰的是，几十年过去，她依然是值得我信任的人。

很多女性在浊浪滚滚的红尘里，摸爬滚打几年后，会渐渐地意志消沉，会渐渐地沉迷玩乐，嚼嚼口舌盘盘是非。但是，我的同学们，她们没有。至今，我的大多数同学，都还奋战在护理战线上，早些年，她们就已经挑起大梁，前赴后继地成为护理部主任、科护士长等医院护理事业的领头人。

也有些离开护理岗位后，把事业做得风生水起、不输好男儿的我亲爱的同学们。那年带儿子去成都，享受了张体芳经营的旅游公司的贴心服务；见证了谭丹在保险战线上的奔波忙碌，后来，这个美丽的女汉子居然奔进了大老爷们儿更具优势的建材阵营里，把这份事业做得有声有色、红红火火。由衷地钦佩她们，她们的事业蒸蒸日上，她们的面容依然光鲜如初。

回首我自己这三十年来的人生历程，内心好生不安和忐忑。卫校毕业后，我在长航医院做了12年护士，从护士做到护师，然后取得主管护师的资格。期间，我读了夜大，专业是高级护理。2000年，我改行做行政，之后，通过国家统考，取得中级秘书和人力资源经济师证书，又通过业余学习获得经济管理本科学历。

儿子是我一手带大的。最困难的时候，是儿子才一岁多，家中老人瘫痪在床，孩子家务我大包大揽。工作忙累，孩子幼小，家务繁重，天天形同打仗。那时候把日子过从容点都是奢望，其他的事，无法顾及。

后来，孩子渐渐大了，我陆续读了一些书籍，也不一定是名著，哪怕就是一本《读者》、一本文集，有空的时候，我都会读得认认真真、口舌生津。

儿子读小学高年级后，工作之余，我开始豆腐块写作。我是在一个文学海洋里泅渡的人，海洋浩瀚无边，我不得要领，四顾之下，常常茫然不知所措。

很多路，只能一个人走；很多坎坷，只能自己咬牙冲过去。对也好，错也罢，只要努力过，我不后悔。如今，人生过去大半，有痛苦也有快乐，有失落也有收获，当然，于大事小事上，或多或少地有着不同程度的遗憾和难过。

无法弥补、改变、挽回的，才叫遗憾。世上没有回头路可走，所以，遗憾注定是永远的，所以，遗憾带来的痛苦也是永远的。可以诉说的痛苦，算不上太深的痛苦；无法诉说的痛苦，才会将人撕扯得遍体鳞伤，在暗夜里渗血，止也止不住。

我的母校，如今她的名字叫：武汉轻工大学医学技术与护理学院。感谢我的母校，感谢我的老师，感谢我的同学。因为你们，我可以自豪地说，我毕业于武汉水运卫校；因为你们，我可以自豪地说，别看我的那些外表好看、似乎还有几分娇滴滴的同学们，她们个个巾帼不让须眉，个个都活得那么脱俗优雅。

烟草记

幽暗的氛围里，一个人，食指和中指夹一根烟递向唇边，桌上的烟灰缸里，火柴微弱的火焰刚刚熄灭，一丝微烟袅娜着飘散。他靠在一把椅子上，是侧影，脸上的表情看不太真切，像极了一幅素描，唯有那一点点明明灭灭的烟火，是苍凉落寞中的一抹亮色，极尽艳丽。

那个正吸着香烟的人，是父亲。那时候，是黄昏，晚饭刚吃罢，尚且没有开启备课批改作业的环节，那般悠闲的时间不长。烟酒茶，是父亲至深之爱，漫漫长夜，繁累的脑力劳动，父亲需要它们的温暖和慰藉。

为吸烟喝酒，母亲和父亲拌过无数次的嘴。其实，也不能叫吵，基本就是母亲一个在絮叨。母亲总说，树老根多，人老话多，可在我的印象中，母亲一直就是个爱唠叨的人，那时候，母亲还算不上老。母亲的高寿，也可能得益于多话爱唠叨，烦躁郁闷不满痛苦，都从滔滔不绝的话语里流淌出去了。母亲喋喋不休的唠叨，不仅没有让父亲减少烟量和酒量，反而令烦躁苦闷一言不发的父亲，大大地提高了酒精和香烟的吞入量。

母亲无尽的唠叨，大约也是父亲的下酒菜和助烟剂。

那时候，可以减少焦油摄入的带过滤嘴的香烟稀罕得很，印象中，父亲终其一生所吸的烟都是秃屁股的，不吸到烫手烫嘴的位置，断然不舍得丢掉。长年吸烟，父亲的食指和中指被熏成了黄褐色；好在，他倒不像老烟鬼似的有着黄且黑的厚重牙垢，他的牙齿一直都很洁净，且整齐好看。父亲的戒烟，是被迫的，1991年，他被确诊为贲门癌。

父亲健康的时候，食可无肉，居可无竹，唯独不可一日无烟无酒。那时候，家中人口众多，我们姊妹都读书，家庭经济状况捉襟见肘，烟的档次很低，酒是提着塑料壶去街上批发来的，下酒菜也是寒碜至极，哪怕就是一碟咸菜、一小碗炒黄豆，父亲都能喝下一杯又一杯的白酒，我疑惑着，那一点一点被燃尽的香烟也是父亲隐形的下酒菜。父亲年轻时因为工作在外地，无人关照和督促的生活让他落下了胃溃疡的毛病，烟酒当是忌讳的，但是，父亲完全无视这份忌讳，不仅如此，他还说："饭后一根烟，快活似神仙。"饭后的这根烟，对于有胃疾的父亲，更是忌讳。后来，我在武汉读卫校，特别为此事写信回家告诫过父亲，我说，不仅仅是饭后，平常也要少吸烟。但是，多年的习惯，又岂是轻易可以改变的？

父亲离开我们已有二十四年之久，每每想起，心底依然绞痛。如果不是酒和烟，父亲应该会活得长久一些吧。印象中，父亲生前所吸的香烟多是东海牌，光秃秃的不带过滤嘴。现在的香烟，哪一根是不带屁股的？虽然同是吸烟，倘若家庭经济宽裕，他吸好一些的，于我来说，在深不见底的一次一次的思念里，也当是可以略略止疼的一丝慰藉吧。

有时候，与一些男人距离很近时，一股子陈年的烟味劈面扑过来，挡都挡不住，若是再混合着从血液里散发出来的酒精味，简直让人窒息。老烟枪老酒鬼的味道，只可远观矣。父亲活着的时候，从来不曾有过这般让我窒息的感觉。原来，血浓于水的亲情，无可替代的深爱，是可以颠覆人的视觉味觉嗅觉乃至各种感觉的。

那时候，家里的一亩三分地里，会留出一块来种植黄烟。到了收获季节，黄烟有人上门收购，所得的钱，虽然微薄，但是对于庄户人家来说，也可以贴补一些家用开销。也有一些人家所吸的烟，来自自制，吸烟的工具是烟杆。那样的吸烟法，似乎更富有仪式感。烟绒装在一只扁平的盒子里，吸时，人坐定，打开盒盖，食指和中指捏出一点，和拇指一起一搓一揉成团，塞进远端的烟斗里，划燃火柴，边吸边点火，点燃后深吸长吐，每一吸一吐，都有着气吞长河的架势。吸者痴迷，我每每看时，亦是痴迷。年幼时，我问父亲为什么不拿烟杆吸黄烟，父亲只是笑笑，并不作答。

记得邻居根庄的父亲，每天早晨起床后，都是一番长时间的咳嗽。咳嗽和吃饭穿衣一样，成了他生命的一部分，他不看病就医，大约就这样通过咳嗽排出痰液和病菌。听说，他活到近九十岁高龄。

香烟高额收税，每一包烟盒上都写着"吸烟有害健康"，即便如此，也丝毫无损烟民们对它的痴狂之爱。根庄的父亲不识字，至于"吸烟有害健康"的说法，他觉得那根本就是荒唐和扯淡。一生只吸自制黄烟的他，时常拍胸脯如拍钢筋锅底般"咚咚"响地吐出豪言壮语：哪天入土了，我就不吃烟了。是的，他说吃烟，而不说吸烟。

死亡面前，人人平等。除却那些积德行善修得老死的之外，死亡的原因各有不同，中院村人都说，根庄父亲是老死的。

但我始终坚信，量变导致质变，因烟导致生命提前消亡的应是一个数量不小的群体。一些熟人，曾经也都是老烟民，有些也试图戒过烟，却屡戒屡败，戒烟不成，烟瘾更大。后来见到，说是把烟戒了，因为得了病，不得已戒烟。人的能力潜力毅力，有时候非得在特别的时刻因了特别的事件才会显现出来，于很多人来说，戒烟亦然。

早些年，红塔山、阿诗玛，好生风靡。现在的饭局上，多数人吸中华。有些人不断地散烟，有些不断地吸烟，却不曾掏出一根烟递给别人。这一散一吸，也是可以约略地窥见人品的。

没有烟瘾的人，烟从嘴里进，再从嘴里出；老烟枪，烟从嘴里进，从味蕾上滚过，部分被深深地吸进肺里，部分抚摸过咽喉，从鼻孔里袅娜着飞出去；有些资深烟枪，心情愉快时乐意当人面让这些从鼻孔里喷出去的淡蓝色的烟雾姿态妖娆地跳空中芭蕾舞。

晚间与文友聚会，饭吃到末了，大家便吸起了香烟。不吸烟的我们几位女士，在这般烟熏火燎的氛围里，也不知道吸进了多少二手烟，到后来，眼睛都被熏红了，直至不由自主地把双眼眯缝起来。被动吸烟的不仅仅是我们的身体，衣服上也落满了烟味和酒味。回家后，洗漱完毕，除了外套，其他衣服全部清洗干净晾在阳台上。靠在床上看书时，已经忘记晚间应酬的事儿，忽然间，有一股浓浓的烟味飘过来，疑惑着是不是厨房里在烧水抑或其他的什么，一番巡视之后，方才明白，烟味的源头来自酒店饭桌上被团团烟雾席卷过的外套。还犹豫什么，赶紧下水清洗吧。

凡事都有其两面性，香烟当然也不可能一无是处。人情往来、社交公关，不可或缺。

香烟，除了让人过瘾，还能够营造氛围。两个男人对坐，倘若离了香烟，那是枯坐；若有一支香烟在手，便是什么话都没有，也是一切尽在不言中，你中有我、我中有你了。

年轻的时候，和同事时常去歌厅 K 歌跳舞，跳三步跳四步跳伦巴跳恰恰跳探戈跳迪斯科。有一首歌，我们唱得烂熟于心，歌名一直是被忽略的："点燃一根烟／我的心像吐出的烟圈／倒满一杯酒／你的脸像苹果般娇艳……"年轻的光阴，是树上新结的苹果，每一天都明媚晶莹、锃亮光鲜。

从感官上来说，香烟，不会雪中送炭，但它一准会锦上添花，它会让帅气的男人更显帅气，让优雅的女人更显优雅。

饮酒记

对于酒，我一直是排斥的。年幼时，父亲在喝酒时，偶尔拿筷子蘸点酒滴进我的嘴里，一阵刺辣从舌头延伸到咽喉，脸随之憋得通红。

会喝酒的女人，喝至恰好处，脸颊飞起两朵红云。秀色绽放于脸孔上，果真是满面春光、妩媚妖娆。我不行，一喝酒，全身难受不说，只那肤色，亦是惨不忍睹，呈现出吓死人的猪肝色。

曾任一国企接待科长，免不了要喝酒应酬。虽然当时年轻，因没有喝酒天赋，两年工作下来，心脏不堪重负，弄出个早搏的毛病，几乎送掉半条命。好在，这个工作，我只做了两年。

我的前任，比我年长，也是一位女性。她工作起来相当地拼，拼的前提是，她酒量大，半斤不醉、八两不倒。俗语云，常在河边走，哪能不湿鞋。某晚在接待来单位视察的领导后，骑单车回家，行至一处黑灯瞎火的维修路段，因车骑得生猛，等到发现巨大的沟壑时，来不及紧急刹车，连人带车一起栽进去。好在被人及时发现，送达医院。当时，整个面部惨不忍睹，缝了三十好几针，痊愈后，虽然疤痕不是很明显，但是，落下了整口牙床松动的毛病。

近年，因公接待造成的笑话和事故锐减。八项规定，真的是利国利民的好事。

有些人喝酒，为美容；有些人喝酒，为怡情；有些人喝酒，为健身；至于聚会宴请的喝酒，那都是人情往来的礼仪之事了；而我在那两年里，喝酒是为了保住谋生的饭碗，那个因喝酒差点送命的我的前任也是。

酒桌宴席上，酒过三巡，名堂自然而然地就多了起来。那些年，大家喝酒都很拼，至少面子上都很拼，生怕落于人后，酒一杯一杯地满上，但是，满上的杯中酒，未必都灌进了肚皮里，好些酒都被做了各种手脚，处理在了别的地方。听说，我前任的前任接待科长，宴席初始时，他一准很卖力，喝得鞠躬尽瘁，等到大家都喝得五迷三道的时候，酒已多心尚明的他，招数便渐渐使将出来。手中端着杯子，恭敬地站在他人面前，头后仰作虔诚喝酒状，却于神不知鬼不觉中把酒朝着脖颈后敬出去；或者，以秒计的工夫，喝进嘴里的酒，便被他吐进面前的碗碟茶杯抑或擦嘴的小毛巾里。也是的，浪费粮食酿造的醇酒事小，伤害身体事大。

女人喝酒，有时候能成事，有时候搞不好会失身；男人喝酒，有时候误事，有时候也指不定能撞上桃花运。

有些男人，原本腼腆，但是，酒一喝，胆子就肥了，借着酒劲，也敢说胡话了，也敢动手动脚了，走运时，兴许能撞上个他有意时正好那厢有情的她。有些女人，不喝酒时，还算端庄周正，酒一喝，便有些不能自持，眼神是斜的，步态不大稳，虽然如此，时点却是把握得比较准，一准是身旁有男士或者有她心仪的男士时，她一个趔趄，倒将过去，被那个也不知道内心作何感想的男士顺手接住。女人施展的那点小伎俩，也算是初步成功。但是，得手的男人往往是得了便宜还卖乖——她不过是只有缝的蛋。

有那些天生具备喝酒天赋的人，一餐两斤白酒入肚，眉头都不皱一下。很多事情，人与人不可比，遇到这样的酒林高手，还是趁早服输为上策。

无酒不成席。劝酒词，多的是：酒品如人品。感情深，一口闷；感情浅，舔一舔。东风吹，战鼓擂，今天喝酒谁怕谁……有些地方，酒桌上，有一项不成文的规定，如不喝酒，就得喝醋。天生缺乏解酒酶的我，自从那时搞出个心脏早搏后，我绝不撑劲，若是非得喝，我会毫不犹豫地选择喝醋。

"美酒加咖啡，我只要喝一杯。想起了过去，又喝了第二杯。"这是有情人之间的对酌。那般的郎情妾意，倒也是生命中不可多得的良辰美景。

记得滨江公园刚刚修建完时，中秋夜，我带着儿子去散步赏景。行至一片曲径水榭、叶绿花红处，看见一对中年男女，紧紧相拥着，步伐细碎、步态不稳的他们擦过我的身体时，一股浓郁的酒味钻进我的鼻孔。"你爱她，就是不爱我，我不能容忍你爱她。"女人伏在男人的肩头，语气急促，不容置疑的口吻。男人搂住女人纤柔不再的腰肢："我爱你，我爱你……""可是，你为什么也爱她？"女人显然不满意男人的回答，声调刻意上扬。我的心脏，一阵战栗，如此色衰气过的年龄，还可以在大庭广众处，旁若无人地演绎、挥洒爱情。这便是酒精的妙处，他和她之间，原来还有个她，可是，顾不了许多，在青春的尾巴处，他和她，需要被见证，需要在人来人往的广阔天地间，讨论爱与不爱的问题，讨论爱她还是爱另一她的问题。直让我佩服得紧。

人是铁，饭是钢，一顿不吃饿得慌。酒于我们的生活日常，虽然与米饭的地位无法相提并论，但是，酒里的文章，或者说，酒里的文化，古往今来，却是一直有着相当的地位和难以估价的分量的。把酒喝出诗意的，江山代有才人出。

《红楼梦》中，喝醉的史湘云，沉睡在一处石凳上，头部枕着的是一只包裹着芍药花的帕子，飞红落了一身，掉在地下的扇子，也被落花半掩了，蜂儿蝶儿的飞舞在她身旁。被到来的众人推醒后，尚且还有些醉意的她说出酒令："泉香而酒洌，玉盏盛来琥珀光，直饮到梅梢月上，醉扶归，却为宜会亲友。"原本就憨态可掬的她，如此的娇醉女儿状，真是让人爱到心疼。

在女性里，李清照当是首屈一指的一位。少女时，她"常记溪亭日暮，沉醉不知归路"；少妇时，思念在外为官、琴瑟和谐的丈夫，她"东篱把酒黄昏后，有暗香盈袖"；之后，夫亡更兼国难，她"不如随分尊前醉，莫负东篱菊蕊黄"；她词风的轨迹，她关于酒的词章变奏曲，真实地反映了她生活的变故，清晰地刻画了她的心路历程。

余光中写李白："酒入豪肠，七分酿成了月光／余下的三分啸成剑气／绣口一吐就半个盛唐。"李白斗酒诗百篇。那是李白，与一般写作者无关。如我等常人，哪怕天天抱只酒缸，写不了诗作不了文倒也罢了，搞不好还会抱出个酒精性肝中毒。后人研究李白之死，有一种说法，言其醉入水中捉月溺亡。去往黄泉的路上，死法多样，李白的死法，也算是诗意之一种吧。

于不同的人，酒之滋味多种多样。论情怀，当属辛弃疾的"醉里挑灯看剑，梦回吹角连营"；论况味，当属曹操的"对酒当歌，人生几何"；论洒脱，当属杜甫的"白日放歌须纵酒，青春作伴好还乡"；论意境，当属李白的"举杯邀明月，对影成三人"；论旷达，当属苏轼的"明月几时有？把酒问青天"；论深情，当属王维的"劝君更尽一杯酒，西出阳关无故人"；论小资，当属李清照的"昨夜雨疏风骤，浓睡不消残酒"；论悲情，当属王翰的"醉卧沙场君莫笑，古来征战几人回"；而柳永的"今宵酒醒何处？杨柳岸，晓风残月"，细细品味，让人心生别样的情愫和感动。

酒中，也暗藏政治或者雄心或者计谋。曹操煮酒论英雄，赵匡胤杯酒释兵权，关羽温酒斩华雄，武松三碗不过冈，项羽摆设鸿门宴，赵光义赐酒毒李煜，张飞醉酒后被杀，曹操谋士蒋干群英会中计……虽然不全是酒的事，但又都有酒的事。有时候，酒，功莫大焉。

人生得意须尽欢，喝酒当在开心快乐时。曹操曾言，何以解忧？唯有杜康。说起来，一醉解千愁，我却只信那句话——抽刀断水水更流，举杯消愁愁更愁。

花看半开，酒饮微醺。这是生活哲学之一种，也是喝酒的一种态度。凡事留余地，为别人，也为自己。

清茶记

"茶，敬茶，敬香茶。"透过大学士苏东坡逸事，茶在待客应酬中的微妙之处，可见一斑。

去人家里，面子上都是热情的，至于茶之优劣，那是面子背后的事。话说回来，人与人之间是有心灵感应的，不投缘的人、高高在上之人，如果不是为生计所迫，抑或是遇到了什么为难之事，想来你也不会拿着自己的热脸去蹭人家的冷屁股。再者说，便是有什么过节或者不得已求人处，上门便是客，人家自然也是伸手不打笑脸人，当然是热气腾腾的茶水奉上。茶水才浅下去一截，主人便会笑意盈盈地续水。倘若茶水快见底了，还没有续水的意思，大约是关系相当密切拿你不当外人；若是平常平淡的关系，那想必是在下无声的逐客令了——夜已深，人已困。

前些年，去大大小小的酒店餐馆消费，忽然时兴起了长嘴茶壶。长嘴壶的壶嘴有短有长，短的尺余，长的可达一米至一米二左右，壶身为纯铜铸造，接受过专门培训的服务员，人尚未出，壶嘴先行。大厅抑或包间里，随着长嘴壶的登场，宴席的仪式感便立马呈现出来了。

茶于身体健康上的妙处，不一而足：解暑热，解油腻，解疲乏。"神农尝百草，日遇七十二毒，得茶而解之。"这么说起来，茶之功勋，可谓卓著。

何以解暑？还数清茶。这是我打小便知悉的道理。炎炎夏日里，汗流浃背地走进家门，喝上一杯清茶，彼时，人生的幸福莫过于此；在田间地头劳作，喝着家人送来的茶水，简直赛过琼浆玉液，所有的劳累化为乌有，我们干得更欢了。

距我老家中院村十里路远的地方，有着连绵的山脉，我们呼之为"大山"，秋天去山上砍柴，春天去山上采茶。各家采回茶后，经过炒青、揉搓、再炒再揉、烘焙干制等程序，装进瓷罐里扎紧封口密闭保存，那是供父亲饮用以及待客的珍贵之物。前些年，读赛珍珠获诺奖的长篇小说《大地》，个人以为，其关乎中国农民形象的塑造以及中国农村生活的描述，不够原汁原味。尽管如此，我还是把这部小说读了两遍，是因为，其中的很多细节，我喜欢。农民王龙在迎娶女人的当天早晨，给他肺不好的父亲端热水时，往碗里加了十来片卷曲了的干叶子，那干叶子，便是茶叶。王龙的举动，让老人贪婪地睁大眼睛，便立刻吐出"这样浪费、喝茶叶好比吃银子"的心疼和抱怨来。

曾经，茶叶于我们，确是不可多得的奢侈品。

现如今，喝茶、品茶，已是平常不过之事。但是，邂逅好茶，还需机缘。得遇一杯好茶，如读一册好书，得交一位好友，两两相对，什么都不用说，此时无声胜有声——因为懂得，所以慈悲；因为懂得，心生欣喜；因为懂得，格外珍惜。

很多人喜爱的六安瓜片，给我的口感总是一股子干萝卜菜的味道。日常的茶叶，我更喜欢黄山毛峰，倘若偶尔能喝上一杯西湖龙井，那是再美不过的享受了。

每年春天，新茶上市，杨姐必会送我一袋野生茶，且必叮嘱，这茶你留着自己喝。新茶通常不经泡，味道清淡的新茶，续两次水，与白开水的味道便相差无几了，但是，杨姐赠送的野生茶不一样，续水，续水，再续水，经过多次冲泡的茶水，色泽依然清澈鲜碧，味道依然醇酽可口，每一口入喉，余香袅袅，经久不绝。

去年夏天，去一处茶山采风，山上的茶树枝丫被修剪过不久，一株一株地植根于陡峭的山坡上，仿佛一个一个青涩之气尚未褪尽的懵懂少年。溪水在山崖上潺潺流过，清凉之气扑面而来，山上好似另外一个世界，全然没有城市里的逼人暑气。我们走近溪流，捧起清碧泉水，洗手、洗脸，临了，还贪婪地捧了几捧，含进嘴里，那种甘甜，是我年幼时老家大山上泉水的味道——清洁、甘甜，透心地爽。当地出品的茶叶，虽然名气不是特别的响亮，但是，喝进嘴里，却是醇香袭人，滋养你、体贴你、席卷你、陶醉你——好山好水出好茶呀。

品功夫茶，相对于我们平日拿开水简单冲泡的清茶讲究了很多。热爱茶文化的人家，闲暇时光，与家人一起，于道道仪式感的程序中细细品味茶中滋味，自是天伦之乐一桩；讲究些的成功人士，办公室里都会摆上一套功夫茶具，倘若有贵客来访，一边烧水，一边拉开阵势品茶，聊聊工作，聊聊茶文化，自是别有一番情趣。

品茶臻化境者，要数妙玉。在妙玉处饮茶，比日常生活处处讲究的大观园更高端，高端的不仅仅是盛茶的器具，便是泡茶所用之水，身为绛珠仙草的林黛玉亦是自愧不如。与宝钗、黛玉等喝体己茶时，黛玉以为泡茶用的是旧年蠲的雨水，落得妙玉一通冷笑抢白："你这么个人，竟是大俗人，连水也尝不出来。这是五年前我在玄墓蟠香寺住着，收的梅花上的雪，共得了那一鬼脸青的花瓮一瓮，总舍不得吃，埋在地下，今年夏天才开了。我只吃过一回，这是第二回了。你怎么尝不出来？隔年蠲的雨水那有这样轻浮，如何吃得？"红楼生活，原本极尽豪奢，于妙玉处品茶，只不过细微一桩，无须多说。

萝卜白菜，各有所爱。有些人喜欢于一杯清茶中，加进枸杞，加进红枣，加进玫瑰，加进一切其认为可以滋补身体抑或可以养颜的物什。有人说红茶暖胃，绿茶好则好矣，性子却寒凉了些；而在我，还是喜欢绿茶醇香清新的口感，是相遇相知多年的故交，任岁月如梭世事多变，那份对于绿茶的珍爱之心，永存心间。

清茶，提神，也安神。刚刚泡开的绿茶，片片碧叶，在透明的玻璃杯里，高高低低地铺排开来，杯子里盛着的，是茶水，是尘世小景，也是青春时飞扬、到老了渐渐沉静下去的人生。就这般手捧一杯清茶，在闲暇的时光里，静静地坐在椅子上，听听音乐，品世俗人生。

待人处世，联络感情，茶一马当先；柴米油盐酱醋茶，茶跻身开门七件事之列，于居家过日子，其重要性，亦是不可小觑。

咖啡，慢时光

一切都是慢的。

手中端杯咖啡的时候，时光便慢下来了，当然最好是在咖啡厅抑或茶吧里。这时的光阴，是木心的诗，"车，马，邮件都慢／一生只够爱一个人"。

印象中，是 20 世纪 80 年代，咖啡厅一下子风靡起来，城市陡然间陷落进浪漫与激情互为渗透又彼此提升的氛围里。一对情侣，抑或三两密友，相约走进咖啡厅里，找个卡座坐下，或者是白天，或者是夜晚，咖啡厅里的光线永远都是那么的恰到好处，一丝丝的暗，一丝丝的幽，对面相坐的人，不说些掏心窝子的话，简直对不住商家精心打造的氛围和些微的神秘感。

那时年轻，经常和一些同事、朋友相约去卡拉 OK 厅里疯疯癫癫地唱歌。"每次走过这间咖啡屋，忍不住慢下了脚步。"这首歌是我喜欢的，也是我经常唱的。K 歌的时光，不适合咖啡。咖啡，其实是有格调的，有那么一些内敛，有那么一些孤独，它适合幽静的时光，快乐不快乐并没有什么相干，你可以快乐满满，也可以心事重重，你可以平静如水，也可以带着些许寂寞和忧伤。

那时候，在芜湖，一杯咖啡一块五，两杯三块钱，一人手上捏住一柄小匙，一匙一匙地慢慢舀起，一匙一匙地送至唇边，连带着送至唇边的，还有一种叫作浪漫的小情怀。彼时，整个人的身心都是软的。不长的时间，一杯咖啡的价格上蹿至三块，比起我们的工资，咖啡的涨幅显然高出很多。那个年代，去咖啡厅里喝一杯咖啡是奢侈的。奢侈的东西，总会牵引出我们更多的珍惜之心。

"我要美酒加咖啡，一杯再一杯"，那些年，邓丽君一遍一遍不厌其烦地唱，我们一遍一遍如痴如醉地听。

手里捧着一杯咖啡，便仿佛捧着远离尘世烟火的小资情调和风花雪月。西洋的抑或本土的乐曲，清澈的溪水一样在耳畔缭绕回环。走进抑或离开咖啡厅的人们，似乎都带着些许的文艺气质，步调是轻捷的。这是一个远离喧嚣的世界，这是滚滚红尘里独辟出来的静雅之所在。

上岛、茉莉、栖巢、百世德、城市花园、枫丹白露、左岸、老树、星巴克，还有一家又一家的茶吧里，都缭绕着咖啡的气息。现如今，一杯咖啡的价格在三十块左右，拿铁、卡布奇诺、摩卡、蓝山、炭烧，一块方糖在托着杯子的小碟里，放糖、不放糖，全凭个人喜欢。大厅中央，一架钢琴旁，一位身着晚礼服的气质高雅的女子，随着她手指娴熟的弹跳起落，悠扬的乐声水波一样在空气中流淌。

其实，我更喜欢老式留声机的味道，光阴无限地往旧日回溯延伸，撩拨着我们温柔多情的内心。

一杯咖啡在手，一些甜点触手可及。那样的时光，丰盈，让人心生满足。年轻的时候，喜欢喝不加糖的咖啡，喜欢那份苦涩，喜欢每一口咖啡入喉后唇舌间泛起的那点回甘。人渐老，在生活的跑道上，苦头吃尽，对于苦涩，在潜意识里趋向回避，于口味上，渐渐贪恋起了甜，到了咖啡这里，更是爱甜到浓腻的程度。尽管我知道，在保健意识深入人心的今天，我的做派，与养生相左。但是，胃口所向，我无可奈何。

上海的外滩，我曾多次去过，盛世里的喧嚣与繁华，加上气势磅礴的黄浦江的捧托，把十里洋场的富丽堂皇彰显到了极致。熙熙攘攘的人群，阔气豪华的游轮，争相媲美的硕大广告牌，欲与天公试比高的各色建筑群，在我眼里，样样都很亲近，似乎可感可触，又样样都很隔膜，近在眼前，又分明远在天际。倒是在江滩边看见的一家茶吧，其门楣上的四个字把我的视线牢牢地锁住了，定格在我的脑海里——茶香·书香。同样只是一家平常的供人休闲消遣的茶吧，因了这四个字，其品质，便跃上了一个台阶，有了让人仰望的格调。

什么叫格调呢？犹如我们人类，同样竖是鼻子横是眼，你的举止你的谈吐你的气质你的风仪，便是那家茶吧门楣上的标签，于不知不觉间把你的格调呈现给了与你相干不相干的每一个人。

彼时，是春天，清风从我们看不见的地方吹过来，带着阳光散射出来的恰恰好的温度，摩挲着人们的脸庞，洋溢于张张脸孔上的笑容，被修饰得从容妥帖。茶吧门口，一年轻时尚男子站立着，手上抱把吉他，以足可乱真刘德华的嗓音，一往情深地唱："给我一杯忘情水，换我一夜不流泪……"这里，仿佛游离于各种嘈杂市声的世外桃源，它担当了这个国际大都市的调节器，中和了喧嚣，中和了拥挤，中和了快节奏，中和了高速度。

深棕色的地板，厚实亚麻质地的沙发，墙壁上一幅简约的抽象画。窗帘下摆缀有流苏，风吹过来，流苏轻轻地摆动，无声的，荡一下、荡一下，再荡一下。手捧一杯渐渐凉下去的咖啡，心下安然。

阳光从西边照过来，落在东边的墙壁上，时钟的秒针一步一步嘀嗒嘀嗒地走过，咖啡一直端在手上，人就这么慵懒地斜靠在沙发里。抬头时，阳光已经定格成了零乱的碎金，像打铁铺里被煅着的铁器上飞扬的细屑，溅出许多珠光宝气来。不知不觉间，一下午的时光已经过去。

香水记

　　年轻的时候，我们总会迷恋一些表象的东西，譬如，谈恋爱时，容易以貌取人，女孩子总是更中意帅气俊美的男孩，而忽略实则更重要的内在；对于自身也是如此，在追求外表的美丽上不惜下本钱下功夫，而对于修炼内在素养却是怕吃苦缺耐心。

　　我年轻的时候，亦不能免俗，爱慕虚荣，追求外在浮华，远胜于追求内在修养，譬如，便是完全不懂香水的我，也喜欢搽香水，乐此不疲地逛街购买香水。人生大抵如此，不断成长，逐渐成熟，慢慢地，学会甄别，学会取舍。话虽如此，我并非有丝毫贬损香水的意思，我的意思是，香水好比一类人——修炼到了一定层次，其与生俱来的独特气场，迷人，也拒人。

　　年少时，母亲每年夏天都会买来一瓶花露水，轻轻地倒出一点于手心里，很珍重地搽在痱子以及蚊虫叮咬处。随着一缕缕袅娜开来的辣丝丝的香味，独特的清凉从皮肤快速渗进肌理，让人不由自主地抽一口凉气，那份清凉舒爽所带来的满足，于无声处化开，荡漾在心田里，经久不散。

那时候，我不知道世间还另有名叫香水的尤物，以为花露水已是人间极品。

20世纪90年代，中山路步行街的银座大厦正红火，到了周末，商家在商场门口搭台招揽顾客，各种品牌的香水盛放于不同容器里，一张桌子上摆放着造型各异的玲珑袖珍的香水瓶，待我们走近了，笑容可掬的服务员递过来一张张纸片，每一张纸片散发着不同气味的芳香，我们且看且闻。得知顾客中意的香型后，她们便会热情地拿一根针管从相应的大容器里抽取一定刻度的香水，注入袖珍小瓶里，盖上瓶盖。钱货两讫后，我们把袖珍香水瓶放进包里，满心喜悦地离开。

搽香水，是有很多讲究的。初始使用，往往不得要领，总是搽得太多，以为香芬越是浓郁就越迷人，殊不知，过于浓郁的味道，只能让人掩鼻。

手腕、双耳后、颈后、发梢、膝盖内侧、脚踝内侧，这些部位都适合搽香水；或者，将香水喷在空中，人旋进香水的雾气里，如此，香水便均匀地落在身体上，留下淡淡的清香。

女人与香之间似乎一直有着千丝万缕的联系，女人的吻为香吻，女人的腮为香腮，女人的拳为香拳，就连女人的汗也成了香汗……

埃及艳后克莉奥帕特拉，首创香料化妆品制造业，在尼罗河畔修建了几座制造高级化妆品的作坊。她推广种植木樨花，制成香水，用来洗澡，她还用贵重香料熏染自己的身体。高蹈的智慧，绝色的美貌，加上迷人的芳香，牢牢吸引了罗马英雄恺撒。有"尼罗河魔女"之称的她，死后香布裹身，芬芳不散。

浪漫的"忘情巴黎"，高贵的"倾城之魅"，温馨的"玫瑰情结"，煽情的"毒药"，优雅的"纪梵希"，清纯的"花仙子"，神秘的"窈窕美人"，璀璨的"兰蔻"，韵味无穷的"蓝色露露"……纵是未闻及香水的馥郁芳香，单听种种香水的美妙名称，已足以令人怦然心动、心驰神往。玛丽莲·梦露曾言，香奈儿5号是女人睡觉时"穿"的香水。通身上下幽香弥漫，那摄人心魂的芳香，确是一件穿在柔媚身体上的漂亮且令人遐想的衣裳吧。

两千年前，体有幽香的著名美女西施，被越国当作求和礼物送给吴王夫差。吴王为她修建了香水溪、采香径，每天在芬芳馥郁的氛围中与她缱绻缠绵。当此时，纵然知晓此乃越王实施的美人计，大约也是深陷情海，欲罢不能了。有时候，历史是那么的相似，历史上美人所受到的礼遇亦是那么的相似。据说史上四大美女之一的杨玉环，也是通体异香缭绕。一代大有作为的君主李隆基，曾扭转中宗时期的混乱局面，曾创造繁荣昌盛的"开元盛世"，后为杨玉环所倾倒，为她建沉香亭，集三千宠爱于一身，终致误了美人误了臣民误了大好河山。

成熟女子身体中通常都有一股幽香之气，只是大多淡到若有若无，于是，香水自然而然地得到很多女人的宠爱，用以弥补那份浅淡到极易被忽略的若有若无。于美媚俱佳的女人，当香水成为征服男权社会的男人们不可或缺的工具时，从某种意义上说，是对香水的不敬乃至亵渎了。

人过中年，我几乎不再使用香水。相对于俗世的日常，香水趋于高端，没有一定的经济实力，没有相当的内在修养，不如远离香水。是谁说过，香水再迷人，毕竟洒不到心里去。香水，不适合内在虚空的土豪，亦不适合眼高手低的穷酸。

世上万事万物，皆讲究匹配。爱美的女人，若能与香水真正融合、浑然一体，当真是一件值得庆贺的事。

灯火

那些年，在汤沟中学，父亲窗口的灯火是最迟熄灭的。校园里的师生们都这么说。

小学毕业后，我从老家中院村来到父亲身边读初中。一间二十平方米不到的房子，以帘子隔为两间，父亲的床在外间，我的小床在里间。每到夜晚，我在里间做作业，父亲在外间批改作业、备课。印象中，九点不到，父亲一准让我关灯上床睡觉，之后的漫漫长夜便是父亲一个人的了。那时候用的是白炽灯，灯上面盖着的一只白色罩子，像是穿在曼妙女子身上的飘逸裙裾。因了罩子的遮蔽，无法四处外溢的灯光，心无旁骛地聚焦在父亲的办公桌上。暖黄色的灯光，照耀着聚精会神的父亲，还有他眉宇间深邃的川字纹。父亲鼻梁上架着一副老花镜，桌上有一杯茶水、一只烟灰缸，还有一柄放大镜，那是批改到有些字迹过小的作业本以及备课翻阅一些参考书籍时，父亲需要用到的工具。父亲的动作很轻，但是，因为空间狭小，翻动纸页时，犹如小鸡拍动翅膀一样的细微声响还是会不间断地传过来。那声音，在我听来，如同天籁。我就在这般细微又美妙的声音里，沉沉睡去。

后来的某个冬日，父亲在给学生们上课时，沉重地倒在了讲台上。博尔赫斯说，人死了，就像水消失在水中。人死如灯灭。父亲离世，他窗口那盏常年至深夜才会熄灭的灯火，永远地寂灭了。套用博尔赫斯的话语，人死了，就像灯火消失在灯火中。

"远远的街灯明了，好像闪着无数的明星。天上的明星现了，好像点着无数的街灯。我想，那缥缈的空中，定然有美丽的街市。"每每想起逝去的父亲，就会想起那句诗，觉得生活在另一个世界的父亲，也会如他生前一样，夜夜于灯下批改作业、备课看书、喝茶抽烟、凝眉思考。如此想时，心里一痛，又一暖。

每两周，我从汤沟中学回家一趟。周六下午上完课才往家赶，天冷时节，日照时间短，接近邻村的吴庄时，天已经黑透了。这时候，穿过吴庄村口的一片松树林和中院村边的一片庄稼地，灌进脖子和衣裳里的冷风，让丛生的寒意把人紧紧地包裹。走到村里，看到家家户户门缝以及窗口透出的灯光，心下顿时豁然开朗；及至进得家中，闻着扑面而来的饭菜香味，看着堂间八仙桌上那盏点亮的煤油灯，我小小的心房刹那间被温暖地照亮。

老家中院村是在 20 世纪 80 年代末才通的电，通电之前，夜晚，照明的重任一直由煤油灯承担。煤油灯的下方是基座，也是灯的主体，一只形状别致的玻璃器皿，膨大的部位，盛着煤油，一截灯芯浸入其中，灯座上套着的高挑的罩子，也是由玻璃制成，薄极，美极。为了节省，通常，家中只使用一盏煤油灯。夜晚，一家人坐在堂间，母亲就着灯光纳鞋底抑或做别的事，我们围坐在八仙桌旁做作业。灯光暗淡下去的时候，母亲取下玻璃罩子，朝里面哈口气，用一块小抹布把罩子里面擦了又擦，然后拧几下控制灯芯的旋钮。随着旋钮的转动，灯芯往上伸长，母亲拿剪刀剪掉上面那截烧毁的灯芯，重新把罩子套上去。整个屋里，立刻明媚亮堂起来，煤油灯的身姿，越发地窈窕好看。

二哥从太湖师范毕业、在汤沟小学从教几年后，于暑假前夕得悉一个通知，因陈洲中学英语教育事业需要，将在当地教师队伍里遴选相关人才，考试合格者办理调动手续上岗。暑假里，二哥开始了紧张的英语复习。那年，家里新添了一盏煤油灯，二哥一个人在东头的房间里看书，为防蚊虫叮咬，也为消解酷暑，他的双脚浸在装了半下水的小木桶里。有些好奇的我，偶尔推开房门进去装模作样地拿东西，灯下的二哥全然沉浸在自己的世界里，对于我的贸然闯入，他似乎全然不知晓。当年，二哥以优异的成绩，如愿做了初中英语老师。之后的岁月，他先后通过各种考试，成功地实现了各种跨界晋升。于二哥，于我们家每一个兄弟姊妹，最初照亮我们人生征途的，就是一盏小小的煤油灯。"有灯的地方，一定会有路。"诚如斯言。

每到腊月，便会有一只老母鸡被母亲安置着趴在窠里。那个窠是临时造出来的，一只稻箩，底下垫上厚厚的稻草，铺上软和的棉垫，一窝鸡蛋被老母鸡严严实实地焐在身下，稻箩上方卡上一只篾罩子。用来孵小鸡的窠特别的宝贝，被安置在母亲的卧房里。白天得空，母亲便要去瞅一眼，晚上起来小解时也会点上煤油灯站在边上照一照，看看有没有鸡蛋被一时疏忽大意的老母鸡给弄到身体外面去了。再就是，每隔五六天，趁着把老母鸡抱出窠外吃食喝水的工夫，母亲会端着煤油灯，把窠里所有的在孵鸡蛋都逐个照一遍，孵化状况不好的，及时清理出窠。借助煤油灯的光线，母亲的甄别技术极为精准，二十八天左右，所有在过程中没有被淘汰掉的鸡蛋里，必会有一只可爱如天使般的小鸡破壳出世。那一次次逐个照映被孵鸡蛋的煤油灯，在我的眼中，几乎成了一个神器。

我读初三时，母亲离开中院村来到父亲执教的汤沟中学做后勤，一年后，我初中毕业去武汉读中专，煤油灯从此淡出我的视线。随着科技的发展，各种节能灯、豪华吊灯闪亮登堂入室，户外的霓虹灯，更是乱花渐欲迷人眼。夜晚的城市,辉煌的灯火,如同燃放的烟花,瑰丽夺目,比之于天上的星星,还要明媚绚烂得多。但是,我年少时夜夜陪伴我的煤油灯、父亲生前夜夜陪伴他的白炽灯,依然温暖地端坐在我心灵的一隅,从来不曾离开过。

女人·花

　　桃花飘落时，我是忧伤的；桃花落尽，我的忧伤更深更甚。好在，花落后结桃，桃花落尽，还有桃叶葳蕤丰茂。我总疑惑于桃花何以妖娆妩媚得如同簇新的娇美嫁娘，及至细细地观摩桃叶，方才豁然明白，那桃叶亦是妖娆妩媚的，如同古典美人的细眉细眼，片片都有着勾魂摄魄的力量。

　　一场雨落下来，栀子花的香芬浓郁得无以复加了。于我，栀子花里其实是深藏着我的故乡的，那里民风淳朴，那里最是销魂——朴实、芬芳、温暖，花不醉人人自醉。

　　一直以为，最深沉持久的爱，莫过于来自故乡的，莫过于与幼年时的我们一起血浓于水地汩汩生长的故乡，那般生长，叶茂根深，滋味恒久长。

　　栀子树最是踏实勤勉，冬日里便在孕育花苞，孕苞期愈长，香芬自是愈浓郁愈持久。以我有限的阅历，栀子花的芳香之浓郁、之持久当居万花之首，无出其右者。春花烂漫的时候，栀子静静地收敛着自己，不

162

妒不争不抢。几乎所有的花儿落尽的时候，栀子花才姗姗而开。不用呼朋引伴，只自己便是一座花园，一片无与匹敌的芳香国度。这般的踏实勤勉，这般的实诚纯朴，若一类女子，做什么事都会尽自己的最大努力，做到极致地好；爱一个人亦是会尽自己的最大努力，把自己的美好芬芳毫无保留地展示奉献给对方。也是的，爱情的魔力无法抵挡，也无须假意伪装，爱了便爱了，没有什么不好意思，她遵从自己的内心，不造作，不矫情。

夏日里，你握住一枚硕果，不如高高地擎起一朵芳香馥郁的栀子花。

内心里，我是个易于忧伤的人，相对于百花而言，栀子花期并不短，但我总是担心它的太过短暂。醉笑陪君三万场，不诉离殇。这是三毛改写的苏公的词。人生苦短，这样洒脱的态度和境界，倒是让我虽不能至，心向往之。只要和你在一起，我便是快乐的；或者说，有你的日子，我只管日日快乐，绝不去想随时可能到来的离别的怅惘与悲伤。

"失去你以后，我才发现我整个人是空的。"电影《滚滚红尘》里章能才对重逢后的韶华如是说。此片以张爱玲为原型，讲述了张爱玲和胡兰成的情感故事。三毛的内心是温婉善良的，在剧中，她到底还是为胡兰成粉饰了脸面，镀了层明晃晃的金。但是，如此温婉善良的三毛，对自己下手却是异常地狠，尚处不惑的大好年华，她就毫不留情地拿一条丝袜把自己勒死了。

张爱玲遇到胡兰成，注定了她孤苦凄凉的一生，这样冰雪聪明的一个人，她的笔如刀如剑，也是对世情人性洞若观火的一代才女佳人呀。可叹的是，她的一腔才华悉数凝进了她的笔端，落实到红尘俗世的市井生活里，她的智商真的远远赶不上一个民女村妇了。

"若是你闻过了花香浓，别问我花儿是为谁红……"梅艳芳风情万种的姿态犹在眼前。东方女性基本上全面缺乏性感基因，以我的眼光来看，若论真正意义上的性感，梅艳芳一人耳。性感，无关身材，它是一种气质，这种气质，比之于高贵，更显得高不可攀、难以抵达。华贵，不是你穿两件衣服就能搞定的；性感，也绝不是你脱几件衣服就能拿下的。

张爱玲、三毛、梅艳芳，这些女子，若以花去比拟，哪一个不是芳华绝代，哪一个不是花中极品？但是，遗憾的是，上苍在给予我们丰厚馈赠的同时，也有其薄义寡情的一面，她们的人生，让我们除却心疼便是扼腕。

人情人性还有人的命运，或者让人心寒，或者让人心酸。我们的情感，终归还是得从草木这里找到慰藉和温暖。

在尘不染。这是一句禅语，这其实也是在说花、说树，说人世间的各色草木吧。所有的草木都是清洁无瑕的，即便它们周围尘土飞扬，即便它们沦陷于沟壑泥泞间，但是，谁也无法否认它们的清洁和美好，哪怕零落成泥，哪怕干枯如杵。

江南这一带多的是鸡爪槭，亦名鸡爪枫。与红枫相比，它的叶片显得秀气纤弱，如果把它比作女子，当属于古灵精怪却又不失娇憨的那一款，譬如《红楼梦》里的史湘云。说来可笑得很，我一直不知道它的名称，前番在常州的东坡园里见到树身处所挂的吊牌，赶紧拿相机镜头对过去拍下来。特别羡慕那些对各色花草如数家珍的人，在我，每每认识一种树抑或菜蔬，都会开心好半天，这样的心境大约是真爱吧。这时节，鸡爪枫的花已经铺天盖地地开放了，它的花呈紫色，宛如一只一只小小的蝴蝶扑闪于树丛间，只是因为太过密集，闪得人眼晕。到得秋天，一眼望出去，漫山遍野红得艳丽灿烂、独领风骚的，便是鸡爪枫了。

嫩白若稚蝶的槐花，幽微若碎米的香樟花，空灵若飞羽的柳絮，它们从高高挺立的枝头飘落下来时，宛如一首首飘逸的小令，又似一咏三叹的现代诗行，或者是一位曼妙的女子手执古琴边弹边唱——纤指十三弦，细将幽恨传。当筵秋水慢，玉柱斜飞雁……

回归到人这里，还是有诸多让我们可堪慰藉的美好。

花有千姿，只开一季，但是女人，却可以让自己顽韧凛然地盛开了一季又一季。二十岁时，她是美的；三十岁时，她是美的；四十岁时，她依然是美的；直到九十岁高龄，她还是那么不可思议的美。这样的美，便是时间与她赛跑都要累得气喘吁吁的了。她累吗？当然累，但是，渐渐地，她把自己修炼得从容淡定到了让世事苍生都惊心动魄唯有仰望的境界，我们再看她，却再也寻觅不到她的累了，我们的眼前只有枝繁叶茂的一树风景。不用我说，诸君都已明了，她是秦怡。

第四辑 如歌行板

——土地之上，步履如风。我们以眼眸，捕捉美好；我们以心灵，感知美好；我们以善良，感恩美好。

也曾城阙万间

是金秋，桂花的香芬从我们看不见的地方拢过来，阳光从树丛间落下来，洒在我们的脸上身上，斑驳也疏朗。水明月说，就这样，别动，这样的光影效果多好呀。说时，她已经按下了快门。我们的脚下是厚厚的落叶，落叶是枯了的，有一种沧桑的美，一如我们脚下的这座古城墙。是的，我们站在古城墙上，被风吹雨打了两千年的古城墙，还屹立在这里，苍黄色的，让人不由自主地感慨万端。

两千年，简单的数字于今天的我们来说不仅仅是时间空间上的，实则那是一段灿烂辉煌的历史，还有时光深处众多的平凡抑或不平凡的人们。在秋高气爽的下午，在太阳尚且悬挂于中天的时候，我们以一种几近膜拜的心情遥想楚王城的当年——有烟尘弥漫，有折戟沉沙，有城阙万间，也有古道西风瘦马……

这里是黄池，这里是花桥，这里是黄池村山头自然村。而曾经，这里是赫赫有名的楚王城，在地势上属吴头楚尾，在战略上乃兵家必争地。

楚王城东迎吴越，南连荆楚，东通太湖，北傍水阳江，西贯青弋江，

168

与浩浩长江相连，是沟通东西交通的重要据点、控制中江水道之要津，发生在这里的战争难以计数，有史可查的就多达百起。古城依山构筑，城内地势东高西低，是东南方敬亭山绵延而来的残丘尽头，而今尚且存留东、南、西、北四个缺口。

1978 年北京大学侯仁之教授带队进行实地考察后，作出这样的结论："楚王城应是西汉芜湖县城的遗址，亦即古鸠兹所在之地。"1985 年南京博物院考古部主任邹厚本及助手张敏经过考证，认为这就是当时的汉城所在地。

若是你有兴趣，随时步入现如今林木葱茏的楚王城旧地，这里片片秦砖汉瓦、处处唐钱宋瓷的景况，定会让你发出由衷的感叹。

历经两千多年的风风雨雨，楚王城墙依然如一位久经沧桑的老人，屹立于一水之畔，这在皖南地区极为罕见，便是在南方几省亦是鲜有复本。无怪乎当地政府对于它高度重视，兴许视其为镇县之宝亦未可知。

查芜湖县名的来历，史料云：芜湖，原是鸠兹附近一个古代湖泊的名称，这个湖泊从"楚王城"所在地的残丘以西，一直延伸到今芜湖市东南界外的大、小荆山一带，东西绵亘约三十里，其东北方又与古丹阳湖相连。这个湖泊"以蓄水不深而生芜藻"，因此叫作芜湖。

其实这天的采风，我们走了很多地方，万佛塔遗址、东门渡大桥、能胜现代农业园、花桥渡、鳄鱼湖山庄、敏灵观、江枫生态农庄，林林总总走过的这些个大大小小的景点，我以为都不如穿越两千多年的滚滚红尘依然屹立于这片土地上的古城墙来得沧桑、来得厚重、来得价值连城。

是今年的初春，我们也是一行文友去参观楚王城旧址。我们站在绿树繁茂的山坡上，朱幸福先生给我们讲有关于楚王城的故事，其中给我印象最深的当属"楚王赶山"了，说的是九女墩的来历，这个故事很悲壮、很凄惨。当年楚王用得到的一根宝鞭从南方赶一座山去堵泛滥的水灾，并告诉九个女儿鸡鸣时分归来。楚王这边念着咒语移动荒山，紧行疾赶之际，忽然天气突变，风吼雷鸣，女儿们十分害怕，为父王担心，也为她们自己的安全担心。到得三更时分，一个女儿想起父王临走时"鸡鸣时分归来"的交代，商议后便一起学起了鸡叫，引得天下雄鸡争相和鸣。楚王的宝鞭法力顿失，待其急匆匆赶至家中，楚王城已成一片废墟。得知半夜鸡鸣乃其九个女儿的"恶作剧"之后，楚王怒火攻心，铲起一铲土，往九个女儿身上一盖，活埋了她们。九个女儿遂化作了九女墩。

一直以为，纵然是名山大川，我们去旅游过了，也仅仅只是旅游过了而已，无非是与人说起时，有了一份谈资——那地方我去过。其实，究竟有些什么收获，真要是被人问起来，竟往往是无从说起的。不是有人说了嘛，旅游就是从自己看厌了的地方去往别人看厌了的地方。作为芜湖市的一个县城，这里无关乎名山抑或大川，但是，因了朱幸福先生的邀请，我一次一次地来，一次一次地收获这里的历史人文知识，还有一个一个的朋友以及一次一次被渐渐提升了的真挚友情。

人生的幸福，有时候就是这样简单，简单到一粥一饭，简单到在遥远抑或不太遥远的地方，有我们爱戴的人、让我们感到亲切的人，所以，间或地，我们便可以来一次说去就去的走走看看，人生因此而多了一份温暖。

大漠，孤烟，长河，落日……这样的景象可以怡情，亦可以修炼我们的胸襟。就好像此刻我们站在这儿，站在这片古城墙上，极目远眺，已有这般磅礴恢宏又气象万千的大美呈现在我们面前，那样沧桑，那样耐看。

那个叫龙虎山的地方

　　大巴抵达龙虎山景区时，热辣辣的太阳当空照着，立夏已有几日，这热果然就有些不同往常了。春天也有热的时候，到底气势不够，那热是闷沉闷沉的，虽然也想抖擞一下威风，无奈底气不足，那份热里便潜藏着小心翼翼的意思。时下已是五月，虽然尚处初夏，但毕竟是夏日了，胆气雄壮得很，热气争先恐后地往肌肤上扑、往毛孔里钻，我们就这样被腾腾的热气蒸得面红耳赤的。到了上清古镇老街口，还有什么可犹豫的，大家一股脑儿地鱼贯而入。

　　那天去西塘，是在四月末，天气亦是热，闷沉闷沉的热。沿着老街行走，被人群裹挟着，脚步时而匆匆，时而被迫着慢下来，全然没有了赏游的兴致。听说，西塘的夜晚是极其迷人的，当是有着吴侬越语的娇媚、灯火阑珊的旖旎的吧。龙虎山的夜晚，则有着原始乡村的静谧和安好——星云逐月，蛙声密集。

　　上清镇老街两边虽然也是商肆林立，与那些被过度开发、过度商业化的老街相比，却是稀有行人。于是，在这里，你的脚步可以足够地快，亦可以足够地慢，而不必担心被推搡被挤压。龙虎山对面的天师板栗林，据说为天师所植，故这里的板栗皆被冠之以"天师"。被置于店铺门口的铁锅抑或其他容器里的板栗，个头的确是大，煮过的板栗一只一只的都裂开一条口子，橙黄色的栗肉露出来，随便剥一颗丢进嘴里，都是香甜粉糯的。还有采摘的山上各类坚果研磨制成的凉粉，亦是晶莹剔透的，玉人一般，如果你正好饥肠辘辘口干舌燥，那晶莹剔透的物什，简直就是在抛着媚眼地百般勾引你了。各类小商品以及小吃沿街展示着，却是听不见吆喝声。你买或者不买，老街人的热情都在那里；你吃或者不吃，老街人的笑容也都在那里。

不过是绕着古镇随便地兜了兜转了转，发现这里的百年古树真的是多。几个壮汉子方能合抱得过来的古树上，被人们缠满了祈福消灾的大红缎带，在用以保护古树的围栏上，亦是层层叠叠地挂满了各式各样的锁。古树多是樟树，有的主干都已经死去了，却又从侧畔伸出枝干，那枝干是分了几个方向岔出去的，自然地呈现出了艺术的质感。这里的竹林，也是随处可见的。从魏晋时的"竹林七贤"，到苏东坡的"宁可食无肉，不可居无竹"，乃至一直为人们津津乐道的"植物四君子"，提及哪一样，都会让人生出不尽的欣喜和感叹。有竹的地方，自然便有了清逸之气。老街、山峦、河流，再佐以竹林，更平添了些许道骨仙风的耐看耐品的气质。所谓气质，不仅仅独属于人，一事、一物、一景，甚至一字一文，都是有着独属于其自身的气质的。

我们爬山时，已是下午四点半，太阳善解人意地躲进了云层里，习习的凉风拂过身体，花草树木的香芬，时而幽微，时而凛冽，带给我们无与伦比的畅快和惬意。这里属于典型的丹霞地貌——奇峰林立，山洞藏奇。不过爬了几百级台阶吧，便走上了传说中的迂回蜿蜒的栈道。有人问，此栈道与当年韩信所修的栈道比，到底哪个更雄伟？其实，太多的事，隔着岁月经年，隔着无法复制的背景或者更深层的动因，已是不可比。我们所知道的是，刘邦果断地采纳了韩信"明修栈道，暗度陈仓"的计策，此举为他日后攻打占领关中建立汉朝奠定了一定的基础。隔着深邃的山谷，我们朝着对面的朋友喊"喂"，或者自娱自乐地喊"啊"，回音并不强烈。于是，把相机镜头拉开去，与山谷对面的朋友互拍了起来。栈道旁的山崖上，爬满了如同蟒蛇般壮硕的千年古藤，倘若光线不太好的话，猛一瞧见，势必会吓人一跳的。

靠山吃山，靠水吃水。生活在这里的人们，无疑是幸福的——山也靠了，水也靠了。只是，到底是辛苦的。

第二天的漂流，就在泸溪河里，竹筏穿行于对峙的山谷间，船夫一边撑篙，一边为我们指点解说两岸的景点。诸如，石鼓敲不得，莲花戴不得，玉梳梳不得，仙桃吃不得，说的无非就是那些立或并非立于水中的奇峰怪石，形如石鼓、莲花、玉梳、仙桃，只是，可望不可即，或者说，只可远观不可亵玩。这里的山崖悬棺群，距今已有 2600 余年的历史。那样高的山崖，棺木是如何运送上去的？至今仍是不解之谜。

人在竹筏上，竹筏在水中，山峦在水中，蓝天在水中，周遭的美景皆在水中……"各美其美，美人之美，美美与共，天下大同。"诚如斯言。

据说，平日里，泸溪河的水是清澈见底的，曾有人褒扬其"形似漓江"又"胜似漓江"。我对此提出疑问，我们来此都已经两天了，水何以还是如此的混浊？导游和船夫的回答是，只因我们到来的头一天下了一场滂沱大雨，泥沙被冲刷而起，融入了河水里，一时难以沉淀下去。

尽管如此，我并不否认泸溪河的大美，更不会否认依河行走的龙虎山的大美。

大灶房

　　围着柴火大灶吃饭，于我是第一次。一处开阔的宛如四合院围拢的空间里，横横竖竖地有序排列着几十口柴火大灶，这便是张家山美食街上的大灶房了。

　　一口深大的铁锅置于青砖砌就的灶台当中，六边形的木质台面，供吃客落座的短小木质条凳围拢灶台摆放着，尘世烟火的气息就从那灶台那铁锅那一杯一碗一勺一筷中浓浓地蒸腾出来，贴心贴肺的暖。大家一一坐下来，一侧供服务员添加柴火的位置，我们把它空出来。炉膛里的柴火熊熊燃烧着，炉门拿一块敦实的厚重钢板挡住。铁锅里是炖熟的老鸭，服务员端来一只盘子，里面按人头盛放着几块黄灿灿的玉米面疙瘩，她戴上一次性手套，拿起一块面疙瘩在掌心里拍拍打打，做成粑粑，贴向锅边，等粑粑一一贴妥后，将木头锅盖盖上，锅中沸腾时，揭开锅盖，拿锅铲一只一只地铲起，人前碗里搁一只，各自吃起来，很软很香，还有点糯劲。

　　在大灶房，吃这般别开生面的锅子，是要喝点酒的，具体到啤酒黄

174

酒红酒白酒，便是各取所需了。杯子里一一倒上，都是老友，无论怎样的酒都自然而然地成了好酒，大家也不用有什么讲究，端起杯子碰一下，便大快朵颐地正式开吃开喝了。大灶房里菜的种类，与一般的餐馆比，显得很普通、很日常，但是那丰富多彩的花样却是绝不逊色的。凉拌菜、卤水菜、炒菜、蒸菜、砂煲、红烧菜、铁板烧，我以为，都不如一盘盘一碟碟清洗得干干净净的新鲜菜蔬来得清爽体贴。吃了一会子，我们的脸孔上都泛起了层层红晕，和平先生的前额上隐约可以看见点点细汗了。往锅里倒进一盘盘的各色菜蔬，等着菜蔬煮熟的工夫，我们便停下来说话，内容可以是海阔天空，可以是市井俗事，也可以是琐碎的生活日常。或者，大家说着说着就都渐渐地停下来，只静静地看着服务员穿梭忙碌的轻捷身影以及他们面孔上的盈盈笑容，于我们亦是快乐的。

房顶上悬挂着一只只明黄色的灯笼，一面写着"大灶房"，一面写着各色菜谱的名字，那一盏盏闪亮的灯笼总在不经意间牵引着我们的视线，一眼看过去，又一眼看过去，总也看不够。不过，即便如此，身为吃货的我们却不会忘记不时地从锅里打捞出浓香醇厚的美味丢进嘴里。

若是在此地遇见熟人朋友，端着杯子穿过去敬一杯，絮叨两句，这番景况，像极年少时我姐姐出嫁时置办酒宴的场景了。所不同的是，姐姐出嫁时置办酒宴的那一张张木桌是置于门口的空地上的，星空为房顶，大风成四壁，猫儿狗儿的在蒸腾着浓郁酒香鱼肉香的木桌间来来回回地跳跃穿梭，开心了，咪几声汪几下，不开心了，也是咪几声汪几下，若是惹恼了孩子们，拿手或者木棍吓唬一顿，便倏地迅疾逃窜而去。

大灶房里，一个人的声音不大，十个人的声音自然不小，那百十号人的声音呢？如果齐齐发声的话，势必要吵得人吃不消的。但是，因为每一座灶台都各自为营，说话的声音分散着，且有了巨大空间的稀释，却是一点没有令人感觉到噪声喧嚣的不适。那些听不真切的人言人语，倒是让人的身心踏踏实实地安静下去——岁月静好，如此美好。

我们离开大灶房时，天空中飘起了毛毛细雨，如同柔软的丝线一般落在我们的脸上、手臂上，微微的凉。灯火摇曳、静谧美丽的九莲塘，就在大灶房的对面，很多人在九莲塘边漫步，也有走得风驰电掣的，那是习惯于饭后锻炼身体的人们。

第二天晚上，杨姐在去杭州的火车上发来短信：昨天晚上这个时候，我们在一起是那样的开心，而今晚我已经坐上了去往杭州的火车，此刻内心的感觉很是惆怅。杨姐借着国庆长假之机回芜湖，她的女儿女婿节后就要正常上班了，她得去带她那才几个月大的可爱的小外孙。杨姐的惆怅，一来是不舍我们这些芜湖老友，二来她有着一份对于文字的浓情和追求。但是，为了女儿女婿无忧地工作，为了小外孙的茁壮成长，她不得不暂时搁下自己对于文字的那份痴念了。人来世间，在责任与自己想要的生活之间如果必得做个取舍的话，责任总是重于一切的，毕竟，我们都是有着强烈责任心的人。

这时候，是深秋，入冬后，等杨姐回来，我们再聚张家山，再品柴火烹制的香味浓醇的大锅灶——吃大锅灶里的鱼肉荤腥，吃大锅灶里的新鲜菜蔬，吃大锅灶里的玉米面粑粑，喝大锅灶上摆放的各色并不名贵的美酒……

大灶房的味道，是乡土的味道，是老家的味道，是温暖人心的情谊的味道，是踏实可依的尘世烟火的味道……

老街，旧时光

第一次来到这里，是前年的元旦假期，和这次一样，也是柳拂桥先生带领我们过来的。那次的天气也很和暖，我们走到青弋江大桥上，津津有味地啃嚼着在老街上买来的甘蔗，那般甜蜜的滋味，至今回味起来犹在舌尖。人生一路走过来，很多场景都会成为不可复制的孤本，譬如这次，我们就没有见着上次那个推着板车卖甘蔗的老人。

源起于黄山北麓的碧水，流到这里，已经辗转迂回了好几百里地，式微了很多。据说，是因为1983年的大水，把老街上的好些人家都淹了，于是，大水退下之后，于两岸挖掘了些许支流。让人欣慰的是，那一江长水，却是初心不变，出红尘而不染，一如原始的洁净。那洁净分明地写在水的色泽里。那是一种怎样的色泽呢？我于黄龙之巅见过，我于九寨沟深潭见过，我于年少时中院村老家见过；你说是湖蓝色也好，你说是瓦蓝色也好，总之那样的一湾长水，是让人想立刻走过去合手捧起一捧来含进嘴里的。

到了弋江古镇这里，时光从容地打了一个结，一头连着旧时光，一头连着新时代。

一家家店铺里琳琅满目地摆放着的，那些腰篮，那些鸡罩，那些竹筐，那些竹椅，都是我所熟悉以及备感亲切的。

旧时光的底色，是老街，是古意，是苍凉，是沧桑，是苔痕上阶绿，是斑驳的墙壁，是久远的青砖，是鱼鳞一样的老瓦，是镂空雕花的门窗，是木质的楼梯板制的房顶，是曾经把我深深接纳、后来不知道什么时候渐渐走远了的件件桩桩。那些旧时光，那些被旧时光磨光甚至磨蚀了的件件桩桩，都是那样妥帖安静的美好。这样的感觉，来得很微妙，你说是怦然心动也好，你或者干脆说是喜欢也很好。

20世纪七八十年代出售电影票的小小铁栅栏窗户还以旧时代的容颜喑哑在那一道水泥墙壁上。在汤沟中学读初中时，汤沟镇电影院也有着那样的一个小小窗口。犹记得边上卖油条糍粑卷子的小摊点，犹记得常常陪着父亲去街上买菜，犹记得偶尔会去吃一碗醇香可口的薄皮馄饨，更深的记忆是我在摊点上吃馄饨时，父亲去新华书店，他清越如一竿翠竹的身影，在青石条以及圆润石子铺就的路面上，踽踽独行，渐行渐远……

那些渐渐迷失在视线尽头的记忆，有着淡淡的忧伤，但我是这样迷恋和喜欢。说到喜欢，不妨延伸开来。这是一种很缠人的情感，让人的心顷刻间低伏下去，却让人的眼睛连带着身体刹那间立将起来。眼睛的立，可以让眼神射出去；身体的立，可以让身子冲出去。那几乎都是于下意识之间完成的，接近于条件反射，由不得去多思多想。那是征服，是关于征服的表达，其实，也是被征服——不由自主的，心甘情愿的，渐至一往情深的。

成群的水鸟如入无人之境，忽而凌空飞翔，忽而入江剪水。江边的跳板上，好些个妇女蹲下身子汰衣洗被。总是听人说，弋江河水清又清，姑娘嫂子分不清。这话，我是信服的。

贴江而行的沿河路，一处老宅的门口纵向矗立的长长石板上，镌刻

178

着"江西会馆"四个大字。曾经的那些年里，这所房子里上演过怎样的一些故事？纵然我们可以张开想象的翅膀尽情地去想象，终究也不过是盲人摸象。在汤篷街石头路上，"汤篷"二字勾起我们一行人的无边联想，大家边走边讨论着，此街与铁画鼻祖的汤鹏之间可有什么渊源？新星绸布庄，紧闭的阔大门板上落满了青苔，尽管如此，我们还是可以依稀看见这里当年旗幡招展、一派生意兴隆的盎然景象。有一间诊所还挂着老式的牌子，老式的牌子是从旧时光里蹚过来的。与那户鱼鳞瓦片房子相接的墙壁瓷砖上写着"福旺财旺运气旺；家兴人兴事业兴"，似乎俗不可耐，却又是这样深入人心，在大年即将到来之际，这副楹联真的让人心生欢喜，并且乐意深情地接纳入怀中。

大年临近的日子里，家家户户的房檐下都浓墨重彩地挂满了腊肉腊肠咸鱼咸鸭，老母鸡自由自在地于土里觅食。石头砌就的路面上，野草、野菜从石头的缝隙间顽韧地钻出来；茶梅已经开至荼蘼，花瓣无可奈何地谢了一地；菜地里，胡萝卜、大蒜、芫荽、油菜、青菜、菠菜，在可劲地生长……

这里是老街旧肆，这里也是田园风光。

那棵古树，是冬青，到得春夏之交，花瓣极其细小，香味却是扑鼻的浓郁，让人一闻痴迷，再闻沉醉。它扎根于镇文化站的庭院里，树身从下半部开始分叉，据说已有二百年树龄，但是并不如它的高龄应有的粗壮，我的双臂大约足以搂抱得过来。一直生活于此的詹承炯先生说，我们都老了，这棵冬青还正年轻。后来，詹老师赋诗云："旭日东升驱雾缭，紫薇花绽映云娇。多情岂止弋江水？小杜题诗柳拂桥。"晚唐诗人杜牧留给老街的不朽诗作"九华山路云遮寺，清弋江村柳拂桥"，柳拂桥，这三个字被走出青弋江的游子王启华先生拿来作了笔名，不知道羡煞了多少骚客文人。

放眼望去，老街不少，或者过于荒凉，或者因了过度的商业炒作又太过热闹，弋江老街却依然风轻云淡，任世事浮沉，笑看风月，波澜不惊。有些房子多年无人居住，呈现出了疲倦不堪的样子，有些已经毁损严重，亟待修葺整顿。我的期待是，在未来修旧如旧的老街，会出现至少一家的书店或者是书屋，爱书的人们安静地手握卷帙，阳光透过窗棂，落在身上也落在书上，清风穿过窗棂，吹在脸庞上也吹在纸页上。

　　老街尽头的一家小店里，挂着当下流行的各色女装，店主在热情地招揽着顾客，那是一个面容姣好、穿着时尚的女子，让我忍不住地多看了几眼。

　　旧时光与新时代在这里交相辉映。再走几步，那边便是灯红酒绿、市声如潮了。

万涧齐鸣

响水涧这个名字，一次一次地在耳畔回荡过，时间久了，便有了一种说不清道不明的情愫在心间涌动——身虽未至，心向往之。

三月去响水涧，是遵守年前的一个约定。因了这个约定，时间过得这样快，又过得这样慢。

车开至响水涧山顶，一脚跨出车门，便走进了桃花源一样的世界。

其实，走进田间地地头的我们，与浓墨重彩的油菜花地是不太搭调的——如果我们被拉进了镜头里，如果我们被画进了画里，如果我们一不小心成了唯美艺术的要素之一，那么，我只能说，我们的每一个举动、每一次言笑，于艺术来说，都有了做作之嫌。当然，我相信，前往响水涧的每一个人的内心里都是带着一份虔诚之意的，但是，这样的虔诚，是没有分量或者说是没有根基的。我想表达的意思是，唯有农民，唯有这片田地的主人，他们与油菜花才是真正的惺惺相惜、息息相通，因为，每一棵油菜花里，都洒下了他们的汗水，也吸纳了他们的欣悦和笑容。而我们，虽然可以走近油菜花，却永远不可能走进油菜花。走近，走进，只一字之差，那差别却是令人沮丧的巨大。

肥沃的土地，是农民们最为钟情的画布，在这片画布上，也唯有农民才能够得心应手地从容描绘出生活的美好蓝图。

今年的响水涧，油菜花式微了很多，我向在三山区工作的一位朋友请教因由，他的回答让我备感欣慰。他说，因为去年的大水，水退后，出于生产自救的需要，补种了一季晚稻，却耽误了油菜的播种。好在，明年，农民们又可以大面积地种植油菜了。

响水涧，江南水乡。可是，这个江南水乡却又是那般卓尔不群。

千江有水千江月，万里无云万里天。那么多那么多的水，一口一口的深潭浅潭，幽蓝、清碧，不是人云亦云的，不是随处可见的。是私人定制，是巧夺天工，是能工巧匠慧心独运的大手笔；或者说，是上苍泼墨，是神来之笔，是亮瞎世人眼眸的巨幅画卷，是我们看了一眼便永生难忘的花园图景。

三月的响水涧，是一篇恢宏巨制，若以小说论，主角：一水、一花。那水，以库以渠以潭以塘的形式铺排开来；那花，无限烂漫，却又秩序井然。飞鸟、蜜蜂、野花、野草、蓝天、白云、和风、细雨，都成了配角，所有的配角，都是为了更好地衬托出那一水一花的不同凡响。

三月的响水涧，于婉约绚烂中洋溢出豪放之气，那份豪放，是惊雷一声响，是石破令天惊。

蚯蚓铆足了劲地拱土，青蛙憋足了气地观察周遭动静，蜜蜂已经忙活得不可开交了，鸟们凌空舞出让人眼花缭乱的美丽倩影……

是的，惊蛰过后，尘世万物都活泛了起来，不甘示弱地有了声响和动静，当然，以水尤胜。

一方水土养一方人。上苍对于三山这片土地，厚爱有加，格外钟情，才会如此出手阔绰地施以恩泽——我们的眼前，蓝天碧水；我们的耳畔，潺潺流水；我们的身影，陷入无边无际的泽国水乡里。

说是次日变天，所以，我们的采风活动被提前了一天。太阳当空照着，明晃晃的，那份热烈里，有了些热辣的不适。及至傍晚，风从看不见的地方坚持不懈地吹过来，有些凉，这样的感觉，是春天——吹面不寒杨柳风的春天，桃花如潮水般呼啸着绽放的春天。

其实，若是不改日期，在春雨里赏游响水涧，想必也是别一般的美好，因为，那里有"青箬笠，绿蓑衣，斜风细雨不须归"的田园风光，那里有山环雾绕、水声激越如琴鸣的天籁声声响。

响水涧的晴天，万涧齐鸣；响水涧的雨天，万涧齐鸣。

丫山美

第一次去丫山，是炎炎夏日，为参加省文学院举办的一个文学会议。

丫山的神奇之一是，可以让置身其中的人，全然忽略节气的更迭轮回。我所要表达的是，夏日的丫山，清凉舒适，若是避暑，那绝对是一个上好的去处。住在山上的宾馆里，白天蝉声如雨，夜间蛙鸣如鼓。我和杨姐大清早去爬山，湿润清洁的空气，让人深切地体会到心旷神怡的美好意义，拿着相机，一路走着，一路拍着，到得高峰，山谷间有缥缈的雾气缭绕，一轮红日从天边冉冉升腾起来……

时光荏苒，一晃便是三年，如诗如画的景象，却是一直印刻于胸。

丫山，其名字的来厉，是因其最高峰呈"丫"字形。丫山，就其汉字层面而言，似乎显得单薄，但是，单薄里却透射出力拔山气盖世的挺拔与磅礴——咬紧牙关的，不屈不挠的，勇往直前的，奋力向上的。仿佛外在单薄、内在自尊自立自强的一个人，甫一瞧不起眼，再一瞧不简单，及至相处了终于发现知悉他原是相当的气度不凡。

若是与我老家的大山相比，丫山谈不上巍峨，却不乏独有的一种气势，或者说是气场。大气的、厚重的、有内涵的、富底蕴的，皆是我之所喜所爱，包括人，包括物事与风景。若以理性的语言去归纳描述，有些难，那其实是一种说不清道不明的感觉，那种感觉应该叫——吸引力。这份吸引力，无关乎故乡，但是，一样的深入心灵，一样的牢不可破。

景区四周地貌属典型的喀斯特地貌，三亿多年前，此地原为浅海，是地壳的神奇运动，使板块隆起，形成褶皱，终至成山。

丫山多石，与其他山峦相比，植被显然要稀疏些，但密布的石林，让它自然地有了一份刚毅的美。

海水的冲击，日月风霜雨雪的镌刻，或许有心，或许无意，令山上的石头，或如千层饼，或如珊瑚礁，或如千姿百态的动物。如果我们的足迹可以把这里的每一块土地踏遍，如果我们的目光可以把这里的每一块石头抚遍，那么，在丫山，我们一定可以找寻到世间所有动物的影像。尽管只是冰冷的石头，但是，因了它们的绚丽多姿，呈现出了可触可感、动人心魂的温度——富有生命的，长盛不衰的。

一块扁平的石头，被董金义先生握在手里。他说，若是有工夫有兴致，可以把这块石头做成一方砚台。我的眼前便仿佛有了一方可赏可用的砚台，端庄的、内敛的、沉静的、好看的，至关重要的——它是实用的。

当年，李白从山中归家，彼时，恰金秋时节，白酒新熟，黄鸡啄黍，儿女承欢膝前，他一番痛饮之后，仰天大笑出门去，扬嗓高歌曰：我辈岂是蓬蒿人！李白当日意气风发快乐赏游的山头，是丫山吧？

因了多日的响晴天气，我们没能够见到瀑布，但是，所经之处，潺潺的流水、激荡的清泉，一样可以明目静心。

我的两次丫山之行，都有着走马观花之嫌。快餐式观瞻，总是让人目力不逮，景区被无奈地切割成不规整的片段，虽也新鲜，但酣畅淋漓的快意感受到底不够深入彻底。其实，人生中的遗憾无处不在，那么，何妨再遗憾一回。

虽是四月，毕竟月初，山上大面积的牡丹尚且含苞待放，倒是大片大片的桃花开得欢欣雀跃，把整个山体映照得红彤彤的，洋溢着一份喜气洋洋的妖娆之美。遍处石林的丫山，因了眼前的桃花，还有接下来将汪洋恣肆盛大开放的牡丹花，而呈现出一派风情万种。在风情万种的魅惑面前，我们绵软无力，甘愿投以整个身心，虽然，那份魅惑，仅仅是花，甚至，仅仅是石林。

南陵有丫山，永远不一般。

"雁"舞三山

近年，一次又一次地应邀前往三山采风，平添了对于这片土地的感情真情深情。最近一次采风，是在小雪节气之后，客车行驶于宽阔敞亮的道路上，车窗外快速飘移的风景，把人的视线紧紧地牵系着，生怕眨一下眼的工夫，便会留下或多或少的遗憾。

这里是城市，又分明是如画的田园——那是一畦一畦丰茂的菜地以及在坡地上悠闲吃草的水牛赐予我的认同感；这里有川流不息的车水马龙，却又不断地呈现给我们一派美丽如诗的山色湖光——挺拔秀丽的三华山，通江达海的龙窝湖，偎依三华山的莲花湖，毗邻现代商城以及高档楼宇的西湖湿地；这里很繁华，这里很热闹，这里却又有着让人休闲安神的静谧和安好——蒹葭苍苍，白露为霜，所谓伊人，在水一方……

邈远的湖面上，鸥鸟齐集，天鹅翱翔。成群结队的鸟们，一旦收拢张开的翅膀，停落于高高低低的电线电缆上，刹那间，生硬呆板的电线电缆便有了让人销魂的意境——像是一张五线谱，奏出一曲让我们忘情销魂的美妙乐章：是莫扎特的《魔笛》，也缠绵，也幽远；是勃拉姆斯的《匈牙利舞曲 5 号》，也深沉，也婉约；或者，是贝多芬的《第三交响曲》，也雄浑，也欢畅……

湖水波光粼粼，滩涂草木依依。因为几乎没有阻挡，风相当地放肆，湖水被风掀起高高的浪头，一浪一浪地撞击着湖岸；风吹着我们的头发，吹着我们厚重的衣裳，吹着岸边或葱郁或干枯的树木，吹着仿佛头戴白色飘逸丝巾翩翩起舞的芦苇和芭茅。

天空，闪烁着蓝莹莹的光芒，你说是瓦蓝也好，你说是湛蓝也好，你说是蔚蓝也好，总之，那种蓝，仿佛被碧水洗过，纤尘不染。半上午时，高远的天空中，太阳的万丈光芒四散开来，又情有独钟地照耀在湖面上，荡漾的是一湖清波碧水，又仿佛是一湖明媚灿烂的阳光。万顷碧波的尽头，颇有气势的三华山和高档的新建楼群一起绵延着伸向远方……

这是一方古老的土地，这也是一片新建的城区。一虹飞架南北的双塔四索面分离式钢箱梁斜拉的长江二桥已经建成，据说，年底便可正式通车。通车后的宏伟大桥，将会是怎样一番忙碌繁华的喜人景象？中联重机、格力电器、新兴铸管、恒安纸业、双汇食品、响水涧电站等一批重大项目，正在凝心聚力地大干快干中，我们眼力所能触及的一切都处于欣欣向荣之中……

立于长江二桥附近的百万雄师渡江第一船登陆点的巨大石碑提示我们，这是一方厚重的土地，这是一方英雄的土地，这是一方为后人福祉做出过不平凡贡献的土地。火红的夕阳，绚丽的晚霞，从天边铺陈过来，被融化的是景，更是痴痴欣赏美景的我们每一个人。

底蕴、大气、高天、厚土、长河、落日、熔金……三山这方厚土，我穷尽脑海中所有的词汇，都不足以形象地表达，更不用说淋漓尽致地表达，那么，就借用一首深纳万千气象的诗句，与诸君共享——缥缈烟霞水吻天，夹河巨坝卧江边。长堤翠柳浮春意，古岸红楼听燕喧。十里荷塘芳村落，满湖菱藕兆丰年。轻舟棹浪夕阳里，回荡渔歌伴管弦。

三山的美，一半是山，一半是水；三山的美，一半是景，一半是人；三山的美，一半靠天然，一半靠智慧。关于三山的美好与神奇，我愿细细地叙述与君听——浮山东麓风景名胜之地的响水涧，阳春三月里直铺天际的油菜花，暮春深秋丰收满满的葵花谷的葵花籽，还有，政府各项经济指标的飞速攀升，农村公路、公共交通、市政道路、安置房和保障性住房、大绿化等诸项国计民生事业已然硕果累累，还在朝着更高更远的目标，马不停蹄地快速建设发展中……

　　天高任鸟飞，海阔凭鱼跃。"雁"舞三山，正激扬飞舞的，是凌空翱翔的大雁，更是深爱这片热土的每一位勤劳智慧的三山人。

风吹禾香

在春天即将收梢的四月，终于踏进了太白村的畎间地头，不是我一个人，而是呼朋引伴的一群人。乡村长大的我们，到底还是与土地亲，那份亲，是镶嵌进了骨子里的，有着血浓于水的透彻深入和无可替代。

此番去太白村，是遵守去年秋日的一个约定——春光明媚的今年三月，我们一行朋友再相聚，一个不落地。但最终成行还是迟了一个月，虽然错过了油菜花黄，错过了桃之夭夭，却是让我们收获了更为美好的籽实丰满的四月。

四月的太白村是一张画布，只是神奇的画师太过投入，聚精会神地画，见缝插针地画，不管不顾绘画应有的留白之美，画得满满当当，简直有些贪婪了。这样的贪婪，于我看来，是好的，亦是美的。一年之计在于春，春播越多，秋收方可能越丰。

那天去太白村时，节气上临近谷雨，杨花落尽，杜鹃盛开。天空呈浅青色，悠闲笃定地俯视大地人间，这样淡定从容。五谷丰登，承载谷物的禾苗在田间地头肆意地生长着，有阵阵香芬随着和风飘扬过来，我们的嗅觉如同鼓胀的风帆，我们的心田亦如同鼓胀的风帆——丰收的喜悦，似乎已经看得见摸得着了，让尘世万物都忍不住要窃窃地笑出声来。苍天踏实心安，目睹尘世间丰实繁华的我们亦是踏实心安。

喜鹊的叫声几乎是紧跟着我们一路撵过来的，那叫声不仅仅喜庆，几乎是欢欣鼓舞、激荡人心的了。

春江水暖，鸭子们在江水里尽情地畅游嬉戏。那只姿态俊美的大公鸡仿佛知道我们是远道而来的客人，看着我将照相机的镜头对准一群母鸡时，没命地往我的镜头前赶，喉间还"咯咯咯"地欢叫着。

"你是一树一树的花开，是燕在梁间呢喃，——你是爱，是暖，是希望，你是人间的四月天。"四月的美好，千言万语难以道尽说明。四月的美好，在大自然里，在垄间田畈的沃土中。禾的芳香，在四月天里，至真至纯，带着些烂漫，带着点羞涩，犹抱琵琶半遮面，千呼万唤始出来。

蚕豆豌豆在田埂地头是比赛着生长的。豌豆已经结出了嫩绿的豆荚，心里盘算着摘下一些，也不贪多，够一小盘吧，撕去两侧的茎，放在小篮中，拎去江水边洗净，再喜滋滋地拎回厨房，热锅倒油，丢进姜片，倒入豆荚，"刺啦"一声响，惹人垂涎的香味扑面而来，续点清水，加少许糖、少许盐，原先棱角分明的豆荚这时候齐齐地绵软了下去，待水收干，盛盘。饭桌上有了它，胃口想不大开都难。

太白村的土地与水相依，土地的肥沃，加之水源的充沛，麦子都比别处来得性急，这会子，尚未到谷雨，便已抽出了穗子。一直以为，麦子的生长比之于其他谷物更努力些，否则，它们何以会那样富于艺术的造型和质感？一粒一粒的把芒刺齐齐地指向天空，小小的身姿里，不仅仅潜藏着巨大的韧劲，简直带着无限的骄傲了。我们可以卑微，却不能没有自信，不能没有一点骄傲的劲头，无论于人还是于物。有了这点劲头，再艰难的生活，或许都可以滋生出一点亮色，升腾起一线光芒。

油菜花累累地悬挂于枝头，油菜秆齐齐地弯下了身姿，全体都是运动健将，以起跑的姿态，憋足了一股劲，随时准备奔向丰收的终点。油菜莛的香芬，踏实真切，这是所有的谷物一以贯之的禀性，如同一类人，坦荡实诚，不耍花腔，举手投足、一言一语都渗透出憨厚质朴，刚接触时觉得平常，再接触已有了三分亲切，几个回合下来，指不定就情思缠绵地爱上了，不为别的，只因为伊的踏实可靠。又如智者，分明是登高望远的，却又是紧贴着大地的；可居庙堂之高，亦可处江湖之远；可以振臂一呼指点江山，亦可以低下身子与寻常百姓一样地居家过日子……

秧苗就要插进整饬一新的水田里，让人心生期待。稻浪扬花的时候，也是香的，那香有点怯，是怀春的少女想起自己喜欢的人，把头低着，趁人不注意时，抿嘴一笑，脸颊随之泛红，拿手摸上去，有些烫。

四月的太白村，是一首澎湃激昂的交响乐曲，所有的庄稼禾苗齐齐登场，它们比赛着结果抽穗，一天一个样，日日都在更新着自己的外形着装。和风轻拂时，它们会善解风意地配合着变幻自己的姿态，随清风和鸣，和着鸟儿歌唱。

农事蛙声里，归程草色中。夜晚和着风雨一起到来，禾香在我们的身后，悄然无声地化进了融融夜色里，让人刚刚离开，便有了遏制不住的思念和再次踏入的向往。

织锦

尽管已是初冬，却是全然不见萧瑟意象，万般景致，生机勃勃，盎然，也傲然。"苔痕上阶绿，草色入帘青"是一种；"东风夜放花千树，更吹落、星如雨。宝马雕车香满路"也是一种；"野径云俱黑，江船火独明。晓看红湿处，花重锦官城"又是一种……

是去年，盛世繁华的阳光半岛酒店令人惊心地陡然谢幕，那时候正是除夕之夜，因为突袭的变故，原本应是一年之中最耀人眼眸的夜晚，却在万般无奈之中，卸下盛装，潜入伸手不见五指的黑夜里。所有的瑰丽，一旦离开了人气，便瞬间化为虚无，大厦倾覆无可避免——游泳池干涸了，喷泉关闭了，欢声笑语没有了，远远赶来的旅游团队半是失望半是愤怒地离开了。

胆大、勤劳、智慧、有冲劲的五位八〇后年轻人，在多番考察商议后，毅然挺身接手这座巨型航母般的酒店。全面接手后，方才发现，每年巨额的租金，曾经来往穿梭、眼下已然流失的稳定客户群，老化陈旧的室内外各项设施，根本不是仅凭着一腔热血和匹夫之勇就能够力挽狂澜起死回生的。他们像不能也无法停歇的陀螺一样，迅速投入到大刀阔斧的各项工作中，筹资，招商，凡事以身作则、亲力亲为，以榜样示范的力量感动并凝聚着一支有血有肉的团队。没有资金，他们招商也自筹；没有客源，他们马不停蹄地奔波于辐射周边三百千米范围的各大旅行社，三顾茅庐，若是不行，就五顾十顾，人心都是肉长的，足够的诚意、顽强拼搏的精神足以瓦解一切颇为深切的成见以及旧日风雨凝成的冰刀霜剑；空调的全面更新升级，游泳池的清垢除污直至重新漾满清凌凌的波光，酒店各项娱乐设施的全面开放，一天承接十一场婚礼的辉煌，一餐承接四千五百份盒饭的巨量任务……都一一见证了管理者们的实干精干以及员工们的勤劳汗水。

小船在碧波中行驶时，水天一色，万物噤声。虽是初冬，却无一丝寒意，唯有空蒙的雾气把我们包裹着，其实是把我们滋润着、抚慰着。冬天原本应该是干燥的，从土壤到我们的皮肤，但是，这般的恬和温润，真的让我们很是受用，甚至有那么一些销魂了。

其实，预报说有雨的，但是，天遂人愿，雨一直没有落下来。

阳光、沙滩、浪花、仙人掌，那个掌舵的"老船长"其实是五位掌门人之一的年轻男士。"这片水域3100亩，1至5号门的直线距离是5千米。"他一边跟我们如数家珍地介绍，一边目光炯炯地凝神注视着眼前的清水碧波。

水面两边的别墅群，有些华丽端庄，引人向往；还有些尚未建设完成却不得不停歇下来的别墅胚胎以及耸入云霄的高大楼群兀自喑哑在风雨里，寂然无声地等候着有实力有担当的承接人。

临水的沙滩上，有情侣在拍婚纱照。曳地的洁白婚纱，矫健的新郎，美丽的新娘，自遥远的海南运输过来的柔软细沙，与之自然契合的"热带雨林"，一间间像极了新草铺就顶棚的小房子，一张张干净好看、摆放整齐的桌椅，让我们再也挪不动脚步，索性慵懒地深深坐进去。

白色的茶梅，一朵一朵地绽放在枝丫上，绽放在九曲十八弯的长长回廊里。信步庭院中，倒是有了一大惊奇发现，低矮的灌木火棘与高大的树木枸骨，它们结出的黄豆大小的艳红色果实，竟然一模一样，别无二致。

一派金黄的银杏树叶，其丰盈已是让枝丫无法承载得住，于是，银杏们齐齐商量好了似的，扇形的叶片，树上一半，地上一半。花坛里依然绿草如茵，款款落下的金黄色叶子一片一片地绣上去——处处是锦，处处锦上添花。

有一处雕刻"阳光伴岛"，夜晚的霓虹灯光由内而外地把这几个字撑持得鼓胀如一片片起航的风帆。起先，我以为是笔误，再一想，"阳光伴岛"，虽然比"阳光半岛"只多了一个"人"字旁，想必却是大有深意的。

万事开头难，创业难守业更难，挽狂澜于已倒、扶大厦于已倾无疑是难上加难。"困在家里永远难。走出去，前面是个天。"酒店管理人王伟先生说。好在世上多难事，却怕有心人，酒店的管理到运营基本步入了蒸蒸日上的正轨，那正轨，如锦。既是有锦打底，此后的每一滴汗水便都是锦上添花了。

织锦，不仅仅在布帛上，也在酒店楼台里。

消失的海员楼

　　曾经的长航，堪称一艘超级航母。除去航行于浩荡长江上的客轮、拖轮、驳船，地面上下设的二级三级单位亦有若干，造船厂、修船厂、油厂、医院、技校、公安局……

　　海员楼共七层，其分量其财富值，说是相当于长航的九牛一毛，兴许有点过，但肯定不算太过。其一到三楼是招待所，供行船的"水和尚"们休假时住宿，四楼则整体出租给了某个没有集体宿舍的单位，五至七楼安置着长航单身职工，五、六两层楼住男同志，七楼住女同志。其实，这男女的居住，也没有特别严格的界线，有些单身汉男女组成家庭了，便住到七楼单独占了间房的女子宿舍里。成了家的他们，不再如我们似的吃食堂里难以下咽的饭菜，他们在楼道里用煤炉做饭。不像我们，偷偷摸摸地用电炉改善伙食，还总是遭到后勤处那个戴着酒瓶底厚眼镜的老何师傅的监督和搜查。

　　我刚参加工作时，住在706，四人一间房，后来，搬至705，三人一间房。这两间房，都在水房厕所的隔壁，住在其中的我们，往乐观里说，相当于享受了一房一卫的待遇。那是我参加工作后最初的"家"。房子朝西，虽搭不上"面朝大海，春暖花开"的调，但毕竟还可以退而求其次地"面朝长江，气势澎湃"。只是炎夏酷暑时，西晒加上顶层，简直不亚于一刻不停歇地洗桑拿了。那时候，条件艰苦，连电风扇都没有，再热，也只能摇把折扇，到水房里用凉水多洗多抹两次。夜晚的江面，静谧开阔，渔火点点，"水连天色无边阔，风递潮声不断来"的意境，距离长江仅仅几十步的我们，却顾不上欣赏，我们能顾得上的，只是来自身体的切肤感受——热啊热啊热啊！

刚分配来的我们，姿色虽说一个赛一个地平常，但青春无敌，那些事业未立、家庭未建的异性单身汉，本单位的、外单位的，机关的、船上的，只要有了空闲，必会待在我们这儿，一副恋恋不舍离去的样子。有时候，大家会搭台下棋打牌，也或者，一起去百花剧场、和平戏院、人民影院看电影，去舞厅唱歌跳舞，去街头摊点吃饭……

从海员楼下去，往东走上几十步，便是吉和街，与它为邻，一可丰衣，二可足食——往南，是服装百货贸易区；往北，是老百姓居家过日子无法绕开的菜市场。吉和街上有个大王酒家，以价廉物美著称。我喜欢那些烟火味极重的小吃摊、小饭馆。面皮、粉丝，荤腥、时蔬，鼓风机吹得炉火旺旺的，铁锅里倒进油，"刺啦"一声，腾腾的热浪扑面而来。那一刻，尘世间的幸福，就是一菜一蔬、一面一饭。

一个早我一年毕业的大学生，业余时间，他嗓音嘹亮地唱着或通俗或流行的歌曲。因了他的歌声，艰苦简单的单身宿舍里，平添了不少声色。他是什么时候成家的，我早已忘记。后来，听说有了孩子的他，一根绳子结束了自己年轻的生命，而将苦痛加码数倍，转移给了亲人。他寻死的真实原因不十分清楚。只是听说，他曾与一个面容姣好、身段窈窕的女孩深深地相爱过，因为对方家庭的棒打鸳鸯，而天各一方。女孩所嫁的男人，虽富却无良；他所娶的女人亦很过劲，因特殊情况不能回家吃饭，块把钱一碗的面条，还得伸手向朋友借银子。还听说，没有精神寄托的他，迷上了邪教，在不可预知的泥潭里越陷越深，终致看破红尘……

　　几年后，海员楼改造成了后来生意兴隆的宾馆，旁边的多功能厅则改造成了与宾馆相连的酒店，灼灼其华过相当长一段时间。记得两句宣传语——只有你想不到的，没有我们做不到的；在这里，您可以享受到海燕般热情的服务。再后来被拆迁，这家宾馆搬到了距离步行街不远的黄金地段，几年后，又消失了，据说是搬到了渔港，名字还是当年我们单身宿舍楼的曾用名。但它再也不是我所怀念的海员楼了。那个浓缩了一批又一批单身汉的青春和记忆的简易居所，消失在了岁月烟尘里，再也寻不见了。